MW01045496

1

Agradecimientos

Este libro está dedicado a todos los miembros de Patreon. Sin ustedes este libro y todo el proyecto del portal *El Villegas* sería imposible.

A los seguidores del canal en YouTube, Soundcloud, iTunes Podcast, iVoox y Spotify que comentan y envían mensajes, ni en las proyecciones más optimistas pensamos tener una audiencia tan positiva y entusiasta como ustedes.

Y a todas las empresas que se atrevieron a publicitar en el canal y confiar en nosotros.

A todos ustedes ¡gracias por el apoyo y por ser parte de este proyecto!

Fernando Villegas, 2019
www.elvillegas.cl

Edición por Florencia Villegas, Mariana Villegas y Nicolás Pavez.
Diseño y diagramación por Nicolás Pavez | contacto@elvillegas.cl
Ilustraciones por Pablo Sánchez | www.pablosanchezarte.com |
instagram.com/pablosanchez.arte

GRANDES INVITADOS

LECCIONES DE VIDA DESDE LA MUERTE,
EL INFIERNO O UNIVERSOS PARALELOS.

Los Camaradas Stalin & Trotski

(De fines y medios)

Pese a todo lo que puedan aseverar con engolada arrogancia los académicos, desde siempre más inclinados a pastar apaciblemente en las praderas del pituto y a intrigas para aumentar sus "fondos de investigación" que a la auténtica y humilde búsqueda de la Verdad, sépase que hay, entre los infinitos universos paralelos que postula la física moderna, uno muy parecido al nuestro aunque con algunas diferencias importantes al punto que en aquél ni Stalin ni Trotski murieron en la época y circunstancias como sucedió en el que vivimos; en ese universo alternativo ambos gozan de muy buena salud e incluso uno de ellos está preparando los papeles para su expediente de jubilación.

El tipo al que asesinaron con un piolet de montañista en ese México en el que no nació Cantinflas, pero igual o peor de corrupto, habría sido un doble y no Trotski, cierto desafortunado actor de reparto contratado por el gobierno mexicano para redoblar la seguridad de su asilado. Stalin, por su parte, no pudo ser envenenado por los médicos del Kremlin porque olfateó cómo se venía la mano y para literalmente evitarse un mal trago ya había emprendido la fuga disfrazado de proletario. Como dijo Nabokov en uno de sus maravillosos cuentos a propósito del *clochard*, vagabundo parisino caricaturizado en mil lagrimosas producciones hollywoodenses y siendo ya, por tanto, "un papel fácil", del mismo modo la facha de proletario soviético medio hambreado, agotado, agobiado, atemorizado, mal vestido y con una gorra de ferroviario embutida hasta la nariz no era, por su abundancia y repetitiva apariencia, de difícil representación y posibilitaba una fácil desaparición.

De esa manera el Gran Líder de la Unión Soviética, Presidente del Consejo de Ministros de la Unión Soviética, Secretario general del Comité Central del Partido Comunista de la Unión Soviética, Comisario del Pueblo de Defensa de la Unión Soviética y Genio Universal Certificado para toda laya de asuntos, vino y se encaramó sigilosamente en un tren y en él viajó dos días y dos noches hasta arribar a una localidad desde la cual pudo pasar a pie a Finlandia, al amanecer, burlando a los guardias fronterizos que durmiendo la mona a pata suelta defendían la patria socialista. Desde ahí, una semana después, se embarcó hacia los Estados Unidos, donde logró entrar bajo una identidad falsa.

Como su desaparición era inexplicable y políticamente engorrosa, las autoridades, Beria y otros bastardos que en dicho mundo paralelo aún no han sido ejecutados, sacaron de la morgue de Moscú el cadáver de un infeliz proveniente de Georgia, un tipo que habiéndose dedicado a la mendicidad se convirtió objetivamente en saboteador y elemento contra revolucionario, por lo cual había sido sancionado con una bala en la nuca. Los inigualables especialistas de la medicina soviética taparon con cera el agujero de bala, compusieron los estropicios del rostro y finalmente agregaron los mostachos. Hábiles sastres judíos lo vistieron como corresponde a un líder supremo. Luego se organizaron grandiosas exequias.

Trotski también huyó hacia Estados Unidos. Lo hizo luego de tener, según él mismo contaría años después, una horrorosa pesadilla que lo puso en antecedentes de la llegada de malos tiempos. Decidió entonces poner pies en polvorosa y cruzó el río Grande sin mayores dificultades. El gobierno mexicano se limitó a seguir la comedia e hizo como si el doble fuera el auténtico Trotski, permitiendo que se creyera en el éxito del asesinato y evitando se hurgara más en el asunto. Estando oficialmente muerto, se dijeron, el camarada quedaba libre.

Cada cual por su lado, tanto Stalin como Trotski se las arreglaron para hacer sus vidas. En ese universo paralelo, sin embargo, el FBI no fue engañado como suele ser usual en otros. Sus sabuesos supieron casi en seguida de qué iba la cosa y pusieron a ambos bajo vigilancia. Stalin, quien tenía educación, trabajó en una librería en Houston, Texas, donde ganó fama de marrullero y seductor de empleadas jóvenes de buen parecer a quienes ofrecía matrimonio para conseguir sus favores y luego deshacerse del compromiso anunciándoles que estaba afectado por un cáncer terminal. Trotski, típico intelectual bueno para nada salvo discursear y escribir, logró seducir a una viuda rica de Boston que coqueteaba con el marxismo y fue presentado por ella, en su círculo social, como "míster Pavlowski, un distinguido refugiado ruso". Pronto se convirtió en centro y figura del salón literario de la dama.

A principios de los 60 el FBI había perdido interés en ambos. Envejecidos, irrelevantes e inocuos, ya no iban a dar manteca. En el ínterin Stalin y Trotski se habían encontrado en New York, se reconocieron, saludaron, intercambiaron tarjetas de visita, asistieron juntos a conferencias y al cabo se convirtieron en figuras reconocidas y reconocibles en Greenwich Village. En esa condición sólo eran de interés para la comunidad hipster, hedionda manga de fracasados de la cual escribió un tal Kerouac de estilo tan sollozante y lleno de memeces como el nuestro. De vez en cuando a Stalin y Trotski se les invitó a la televisión, normalmente a programas emitidos a muy altas horas de la madrugada con casi cero audiencia y aun menos publicidad, pero una vez fueron el plato fuerte de un show con bastante rating. En efecto, en el año del Señor de 1961 Walter Cronkite los entrevistó a ambos en CBS Evening News.

He aquí la transcripción de la entrevista.

Cronkite: Buenas noches a todos, bienvenidos a Evening News. Hoy tenemos a dos invitados muy especiales. Jugaron papeles políticos relevantes en su país y lo hicieron sosteniendo puntos de vista opuestos. Es más, uno de ellos intentó asesinar al otro. Hablo de Josef Stalin y de Trotski. Bienvenidos, señores, un placer tenerlos en mi programa para ilustración de nuestra distinguida audiencia. Señor Trotski, nuestro otro invitado de esta noche, el señor Stalin, mandó a un fulano a abrirle el cráneo con un martillo de montañista, creo que se llaman piolet, cuando usted residía en México. Usted resultó ileso, pero se cargaron a un pobre diablo. ¿Está resentido porque lo hayan intentado?

Trotski: Primeramente gracias Walter por la invitación y buenas noches a todos, a los muchos seguidores de su gran programa. Respecto a su pregunta, la respuesta es un rotundo NO. Son cosas del pasado. Con Josef hemos conversado mucho de eso y decidimos superarlo.

Cronkite (dirigiéndose a Stalin)**:** ¿Está usted de acuerdo, Josef?

Stalin: Totalmente. Y aprovecho la ocasión para, como

mi colega, saludar a su respetable e ilustrado público. No, ya no hay mala sangre entre nosotros.

Cronkite: Pero si usted estuviera aun al mando de la URSS y Trotski fuera todavía activo en política, ¿no intentaría una vez más liquidarlo?

Stalin: Por supuesto que sí, pero no hay nada personal en eso. Cuando se está al mando no sólo de un país sino de un experimento social tan importante para la entera humanidad como lo es el socialismo científico, cuando hay entonces valores fundamentales, diría absolutos, que están en juego, ¿qué vale una vida humana, incluso cientos o miles? Piense usted en esto: la gente de todos modos tiene que morirse y si van a morir más vale que sea por alguna razón interesante. Me parece que desparramar con un piolet los sesos de alguien que puede obstaculizar el progreso del socialismo es de más peso y conveniencia para la víctima, en este caso mi amigo Trotski, que fallecer en cama ensuciando las sábanas por derramar caca, si me permite la expresión...

Cronkite: Un poco fuerte es su expresión, pero es horario adulto y nuestro público es gente de juicio formado. ¿Y qué dice usted, señor Trotski?

Trotski: De acuerdo con eso. Por la misma razón hubiera matado a Josef, aunque no usando el método del piolet, que es doloroso y sucio. Un balazo en la nuca es mucho más apropiado. Me dicen que no duele y provee una muerte instantánea. Fue un método probado sobradamente y a satisfacción de todo el mundo en Katyn, donde mi camarada aquí presente mandó liquidar a la entera oficialidad del ejército polaco y también a toda la burguesía de esa nación. Y no olvidemos a los intelectuales, gente siempre mañosa y difícil de controlar.

Cronkite: Usted hubiera mandado liquidar a Stalin y Stalin lo hubiera mandado liquidar a usted. ¿Y en eso quedaría todo?

Stalin y Trotski (a coro): ¡Claro que no!

Cronkite: ¿Cómo así?

Stalin: No sé si interpreto a mi camarada, pero a quienes seguimos un ideal del calibre del comunismo nos parece irrisorio que se considere como importante el mero número de personas que han de ser echadas a un lado para llegar a la meta si acaso es necesario hacerlo, como siempre lo es. Mil, un millón, cien millones de personas parecen una cifra sustantiva, pero, ¿cómo se comparan con las infinitas generaciones que vendrán a ocupar la Tierra en los próximos siglos? ¿No es mucho más importante preparar el terreno para que esas generaciones se desprendan de la prehistoria en la que aún vivimos, aunque sea al precio de algunas vidas? De eso se deduce que si, amén de mi querido amigo Trotski hubieran habido otros a quienes despachar. Me temo que tendría que hacerse. Al proceso lo llamamos "purga".

Es, como sabe, un procedimiento de limpieza, de higiene política en este caso. Comienzan dentro del partido para evitar que sea desviado de la vía correcta, continúa con los cuadros profesionales, siempre tentados a dejarse llevar por concepciones burguesas, siguen luego los ciudadanos comunes y corrientes que en su estupidez pueden prestar oídos a cantos de sirena y entorpecer el camino hacia el comunismo. Son, los últimos, esos tipos que en Chile un compañero nuestro llamará, en el futuro, "fascistas pobres".

Trotski: Permítaseme agregar algo...

Cronkite: Adelante, por favor...

Trotski: La vida humana considerada como manifestación particular en tal o cual individuo está sobrada y equivocadamente sobre valorada. En especial cuando se trata de la vida del hombre y mujer corrientes, quienes carecen de talentos, de inteligencia, de virtudes. ¿Por qué es tan importante que vivan y tan pernicioso que mueran? De seguro usted y su distinguida audiencia recordarán lo que alguna vez dijo Leonardo da Vinci, eso de que el hombre común no deja otra huella de su paso que varias toneladas de estiércol... Lo que interesa es la vida no del hombre insignificante, sino la del Hombre Nuevo

Cronkite: ¿Sólo tienen derecho a la vida, entonces, los grandes personajes?

Stalin: No hemos dicho eso. Los grandes personajes siguen siendo simples personas que pueden ser o no un obstáculo, como lo era mi amigo Trotski. Por lo demás el derecho es cosa relativa. Algunos aportan más a la marcha de la humanidad y por consiguiente tienen más derecho a vivir, si de eso se trata, que el tipo que sólo sabe manejar la pala...

Cronkite: ¡Qué elitista y selectiva es su concepción de la vida humana! ¿Y qué piensa usted, señor Trotski?

Trotski: Pienso que la vida misma es selectiva y elitista. Debiera usted leer a Darwin. Crece y prospera lo mejor y más fuerte, mientras lo débil y enfermizo es aniquilado.

Cronkite: ¿Y usted o Stalin habrían sido la naturaleza que selecciona y discrimina entre el sano y el débil?

Stalin (aun más impaciente)**:** ¡Alguien tiene que hacer el trabajo, mi querido Walter! Podrán haber errores, pero es preciso hacerlo. Si Lenin hubiera tenido remilgos la URSS jamás habría llegado a existir.

Cronkite: ¿Y qué si no existiera? ¿De dónde extrae usted la seguridad de que ha sido mejor el mundo tal como es hoy a uno en el que no hubiera existido la URSS?

Stalin: ¡La seguridad de estar seguros es lo que importa! ¡La convicción sin la cual no se hace nada ni se va a ninguna parte! Por eso vivimos y por eso otros mueren.

Ay de los vacilantes, los dubitativos, los timoratos...

Cronkite: Podrían ustedes equivocarse en su selección...

Trotski: La única equivocación radical e irremediable es no hacer nada para no equivocarse. Hay que moverse, señor, hacia alguna parte. A cualquiera. Hay así al menos una chance de acertar. O como mínimo es el único modo de huir del presente, siempre intolerable. La gente pide a sus líderes que indiquen con el dedo adónde ir. Luego ya se irá viendo. Es lo que le explicará mi amigo el socialista Ramón Silva, en el pedagógico, a fines de los años sesenta, al huevón de Villegas. Le dirá "primero se debe resolver la cuestión del poder, después vamos viendo". Ni yo lo podría decir mejor. De esa meta final fluyen hacia nosotros las líneas de fuerza que dan sentido, que crean sentido. En comparación con eso, ¿qué importan 60 millones de muertos?

Cronkite: A esos 60 millones les importaría si pudieran hacerlo notar...

Trotski: ¡Pero no pueden! Ya están muertos. He ahí un hecho científico que debe tomarse en cuenta. Ahora nada los daña ni inquieta. Casi me atrevo a decir que les hemos facilitado el tránsito hacia una condición envidiable.

Cronkite: Permítannos una breve pausa para comerciales y ya volvemos...

Cronkite: ¡Ya estamos de regreso con Josef Stalin y Trotski, nuestros invitados de esta noche, gracias por seguir con nosotros! Habíamos quedado en los 60 millones que murieron por iniciativa suya, señor Stalin. Se dice que cada mañana, en su oficina, revisaba usted la lista de candidatos para las ejecuciones y tachaba con lápiz rojo no sé si los que debían serlo o a los que por el momento se les perdonaba la vida. ¿Cómo se sentía en esas ocasiones?

Stalin: Perfectamente bien, cumpliendo con mi tarea revolucionaria. Creo haberlo dicho en otra ocasión; un fallecido es una tragedia, un millón es sólo estadísticas. En esas listas no veía personas, sino "elementos contrarrevolucionarios" cuya perfidia había que detener con severas medidas...

Cronkite: El tiro en la nuca...

Stalin: Es lo más efectivo y humano según me decían los verdugos. Todo dura menos de un instante. Más se sufre en el dentista...

Cronkite: Habla usted de "elementos". Me suena un atroz

17

y absoluto reduccionismo de la vida humana.

Trotski (interrumpiendo a Stalin antes que éste alcance a abrir la boca): ¡Usted es, Walter, un incurable burgués! Usted es precisamente el caso típico del elemento pequeño burgués. Se lo digo con respeto y hasta estimación. Sí, "elemento". ¿Qué es una persona sino eso, un elemento, una parte de un todo, una brizna de pasto en la pradera? Y ese elemento sólo vale según cómo y a quién se asocia. Los que Josef llama elementos contrarrevolucionarios eran parte de una confabulación capitalista para destruir el experimento social más importante de la historia humana. Los sacerdotes de la Edad Media aprobaban matanzas inmensas por casi nada, por una ilusión, por un Dios inexistente; ¿por qué no habríamos nosotros, los que creemos en el Hombre Nuevo, aún inexistente pero que existirá, sacrificar a unos cuantos enemigos?

Cronkite: ¿Y eso es valedero aun si el experimento, como ya se ve en estos días, sólo conduce a la miseria, el sofocamiento, las muertes, la opresión?

Stalin: Siempre habrán dificultades en el camino que conduce al progreso, pero hay que aceptarlas y en su momento superarlas. Recuerde usted las horribles condiciones laborales en los tiempos del capitalismo de la era victoriana. ¡Eran necesarios! La alternativa es el estancamiento y con eso tampoco se evita el sufrimiento. Piense usted en las hambrunas de las épocas pre-industriales. Le puedo asegurar esto: una vez resuelta la lucha contra el imperialismo, podremos reparar fácilmente esas distorsiones y la humanidad verá revelarse ante sus ojos un maravilloso futuro.

Cronkite: Ya veo, lo mismo que le dirá Silva al huevón de Villegas. Una última pregunta... ¿Habría podido yo, Josef, siquiera respirar durante su mandato?

Stalin: Claro que no. Usted, como ya le dijo mi compadre, es un caso químicamente puro de elemento contrarrevolucionario...

II

Aniceto Rodríguez

(Del socialismo)

Hace muchos años, en cierta ocasión y en su famoso programa *The Tonight Show*, el afamado Johnny Carson entrevistó al dirigente socialista chileno Aniceto Rodríguez, de paso por New York. Carson lo presentó al público como "un importante dirigente político latinoamericano que como otros de la región desea que sus naciones sigan las aguas de la URSS y de ese modo construir el socialismo". Carson lo dijo con la mejor cara de seriedad que pudo componer, pero a Aniceto le pareció que había un tufillo de sorna en las palabras y el tono del yanqui, y en el acto le respondió que no había tal; "nosotros", le dijo, "aceptamos el marxismo como método de análisis, pero no copiamos los modelos ni seguimos las aguas de nadie". Lo aseveró rápido y sin vacilaciones pero también sin mucha fuerza, sin pasión, sin convicción. El hombre estaba con el ánimo un poco desinflado. En el avión, cuando finalmente logró dormir, había tenido, le contaría más tarde a sus amigos, un sueño premonitorio o más bien una pesadilla acerca de cómo iba a ser dirigido su partido en las primeras décadas del siglo XXI. Ha de recordarse que en los años de dicha entrevista Aniceto y los demás dirigentes, militantes y simpatizantes del PS creían en las virtudes del socialismo, en su capacidad para instaurar una sociedad más justa, equitativa, amorosa, solidaria, progresiva, etc., además de ser gente por lo general alfabeta y que sabían al menos hasta la tabla del cuatro, por lo cual si acaso soñó con dirigentes que carecen de muchas luces y no creen sino en la dieta parlamentaria y en jugosos cargos en directorios, el impacto debe haber sido enorme.

Carson: Míster Rodríguez, qué bueno tener a un hombre como usted que le explique al norteamericano medio qué es eso del socialismo siguiendo un "camino propio" y a la pasada lo del marxismo como "método de análisis"...

Rodríguez: Primero que nada gracias por la invitación, Mr. Carson, un placer estar en su prestigioso programa. Y ahora déjeme decirle que está por verse todavía en qué consiste realmente ese camino porque aún no lo tomamos, pero sabremos cuál es cuando se presente...

Carson: Vaya, pensé que en esto habrían más detalles, que ya tenían en el bolsillo eso que ustedes, según me dice mi médium de cabecera, llamarán en el futuro "el mapa caminero". Parece que no sólo no hay mapa sino que además no hay ruta, peor aun, no hay destino conocido. Son ustedes tan concluyentes y lapidarios para rechazar el modo de vida norteamericano, el capitalismo en general y quien sabe si mañana, si acaso existe, la globalización, que se pensaría tenían bien claro con qué pretenden reemplazar todo eso. ¿Invitan entonces a los pueblos a vagabundear hasta que se les aparezca esa ruta?

Rodríguez: Usted tergiversa mis palabras de un modo malicioso, Johnny. Sabremos cuál es porque en el fondo ya sabemos cuál es, una senda conduciendo a una meta donde se desarrollarán en plenitud las fuerzas creadoras del hombre, su pasión, su dignidad...

Carson: Perdone usted, ¿qué quiere decir con eso de "la plenitud de las fuerzas creadoras"?

Rodríguez: Lo que dicen las palabras y lo que implican, no se me ponga pedante: hoy, en el sistema capitalista del que usted es un lacayo, perdóneme que sea tan franco, los hombres viven vidas estrechas en tanto que asalariados, alienados, partes de una maquinaria diseñada para hacer ganancias...

Carson: Permítale a un lacayo hacer otra pregunta: ¿en Rusia no hay asalariados, tipos que son parte de una maquinaria diseñada para intentar producir algo, pero que, dicho sea de paso, a menudo falla y no produce nada o produce porquerías?

Rodríguez: No tengo nada que ver con la URSS, así se llama, no Rusia. Tal vez allá se vean ciertas lamentables distorsiones debido a la presión del imperialismo, que no los ha dejado tranquilos. ¡Acuérdese de la invasión nazi! Agregue, a la pasada, la de los caballeros teutones. Y sí, hay obreros, hay trabajadores, pero trabajan para la comunidad, para todos, para ellos mismos, no para engordar a un capitalista.

Carson: *Come on*, Aniceto, usted sabe bien que esa es una caricatura, eso de "engordar al capitalista". La empresa busca y necesita excedentes para nuevas inversiones, no es simplemente una organización para engordar a nadie. Esa es una visión mercantilista de la economía, una mirada digna de la época cuando el propósito de los mercaderes era atesorar riquezas en un arcón. Los dueños de las empresas modernas engordan a la pasada, claro, pero eso no es lo esencial. Las élites que manejan las cosas engordan en cualquier régimen. Lo esencial es la creación de excedente, la capitalización. ¿No ha hecho eso la URSS, a la fuerza, brutalmente? Y hay allí también tipos que engordan a la pasada, la "nomenclatura".

Rodríguez: Son distorsiones propias del crecimiento, efectos del culto a la personalidad, errores que deben ser resueltos haciendo uso de la democracia de masas, la democracia socialista.

Carson: ¿Cuál democracia es esa y dónde funciona?

Rodríguez: No es como la suya, donde se monta una farsa electoral para elegir siempre dentro de la misma casta oligárquica...

Carson: ¡En la URSS ni siquiera eso! Unos pocos, los con carnet, eligen dentro de un partido, ni siquiera dentro de una clase. ¿Esa es la democracia socialista? ¿O la que según me dicen los psico-historiadores va a haber en Venezuela como en medio siglo más?

Rodríguez: Esas son las distorsiones de las que le hablo. Lamentables por supuesto, pero a nosotros no nos interesan. En nuestro modelo chileno apuntamos a una sociedad inclusiva, acogedora, cariñosa, solidaria, equitativa, con la cancha pareja, igualitaria, sin odiosas distinciones de género, sin machismo, moderna... Y con vino tinto y empanadas.

Carson: Interesante por lo del vino tinto y las empanadas. Casi me gustaría vivir en un lugar así, pero, ¿cómo se logra?

Rodríguez: Se logra eliminando las condiciones que crean una sociedad discriminadora, competitiva, egoísta, con cancha desigual, odiosas distinciones de género y poniendo fin al machismo.

Carson: ¿y cómo se elimina todo eso?

Rodríguez: No puede de antemano determinarse

los detalles de la senda a seguir, eso depende de las condiciones objetivas, de la coyuntura y la correlación de fuerzas...

Carson: ¿Nos permite una breve pausa comercial, camarada Rodríguez?

Rodríguez: Adelante, no faltaba más...

Carson: Estamos de vuelta, gracias por mantenerse en nuestra sintonía... Quedamos en que el camarada Rodríguez nos señalaba que el salto a una sociedad maravillosa depende de la coyuntura y la correlación de fuerzas. Con todo respeto, señor Rodríguez, eso tiene que ver con la factibilidad política de empujar e imponer una idea y avanzar por una senda, lo cual no asegura en absoluto que esa idea y esa senda sean buenas. Hitler hizo uso adecuado de varias coyunturas y correlaciones de fuerza, pero ya conoce usted el resultado...

Rodríguez: ¡No me tergiverse, señor Carson! Ya debiera

usted saber que si el fin justifica los medios, los medios por su parte hacen posible qué fin se puede perseguir. Hay siempre varias opciones, unas mejores que otras, pero a veces sólo puede tomarse la menos mala... Depende de la coyuntura...

Carson: ¿Soy muy majadero si le pregunto en qué consiste una coyuntura, cuál es la que ustedes necesitan y a qué conduce?

Rodríguez: Una coyuntura es un momento del tiempo y espacio en que todo favorece cierto emprendimiento para que salga victorioso en la lucha contra quienes se opongan. Los bolcheviques, por ejemplo, tuvieron como coyuntura los desastres del ejército zarista en la guerra contra Alemania en ese glorioso año 1917. Para nosotros la coyuntura consiste en que por cambios culturales y/o el fracaso del sistema capitalista una mayoría sustantiva de chilenos estén dispuestos a dar un gran salto adelante...

Carson: Espero que no sea como el gran salto adelante de los chinos, que les causó 30 millones de muertes por inanición...

Rodríguez: ¡Otra vez usted me saca a relucir lo sucedido en otras partes! ¿Qué tenemos que ver nosotros con el salto chino? Nuestro salto es hacia un destino conocido, no al abismo...

Carson: Pero si usted ha dicho que no tienen clara la

senda y no la tendrán hasta que aparezca... darán el salto, entonces, sin saber adónde caerán...

Rodríguez: ¡Por supuesto que sabemos! Caeremos de pie en un territorio donde prevalece una mirada del mundo inclusiva, acogedora, cariñosa, solidaria, equitativa, con la cancha pareja, igualitaria, sin odiosas distinciones de género, sin machismo, moderna... Y con vino tinto y empanadas...

Carson: Salud...

Aniceto Rodríguez

III

Elisabeth Kalhammer

(Del los pueblos)

Adolf Hitler no se suicidó el 30 de abril de 1944 "volándose la tapa de los sesos" con su Walther PPK de 7.65 mm como se describe siempre dicho acto cuando se comete con arma de fuego aunque rara vez, para que lo sepáis, hay tanto estropicio como se sugiere, a lo más el paquete standard de siempre, un par de agujeros, sangre y a veces un poco de materia encefálica en el muro y/o en el suelo. Tan luctuoso evento, nos dice la historia oficial, habría ocurrido al día siguiente de su cumpleaños y matrimonio con Eva Braun, aún entonces y para siempre sin desflorar. Tampoco, como arguyen los adictos a las teorías conspirativas, huyó más o menos por esa fecha en un submarino a Argentina. Lo cierto es que el *Führer* ya había emprendido las de Villadiego en 1943, año cuando sus astrólogos lo pusieron sobre aviso de que sus planetas natales estaban mal alineados y además acababa de producirse el desastre de Stalingrado. Con todo eso Hitler finalmente se pegó el evidente alcachofazo: Alemania iba a perder la guerra.

Un submarino fue, en efecto, el vehículo con el cual materializó su escapatoria. Lo hizo junto con algunos miembros de su círculo íntimo, su flamante mujer, su criada, su médico de cabecera y una maleta con bonos del tesoro norteamericano para lo que se ofreciera, pero su destinación no fue Argentina sino Chile. El submarino – U-Boat 817 – emergió secretamente, de noche, frente a Puerto Montt, donde un bote de pesca tripulado por seguidores y admiradores nazis atracó a su lado, recogió al *Führer* y su séquito, los llevó a tierra y ya en ella un destartalado camión camuflado como de reparto de leche los condujo a un muy retirado fundo situado en la zona de Palena y desde donde en los años siguientes Hitler saldría muy poco y sólo de incógnito. En 1948, molesto por lo que llamaba su "asesinato de imagen", decidió poner las cosas en su lugar y para esos efectos comenzó a escribir sus memorias.

Dicho sea de paso: la fuga debió ocultarse para no desmoralizar a la *Wehrmacht* y a los camaradas del partido. Para esos efectos Goebbels reclutó los servicios de un actor de vodevil, un judío alemán al que protegían ciertos contactos, pero aun así de vida muy incierta. En el curso de una grata velada celebrada en los cuarteles de la *Schutzstaffel* (SS), no fue tan arduo convencerlo de que representara el papel del líder. Fue el más difícil de su carrera. Lo hizo, dicen algunos, mejor que el auténtico

Hitler.

Hitler vivió hasta 1967, muriendo a los 78 años de edad. Su señora, Eva Braun, chuñusca, senil y aún virgen, lo sobrevivió 30 años, muriendo ya casi en olor a santidad y sepultada en secreto en un cementerio perdido en lo más profundo del Paraguay. El círculo íntimo de Hitler, leal hasta el final, afirmó que el *Führer* había fallecido en perfecto estado de salud aunque en realidad estaba completamente deteriorado por las drogas y arrastraba las patas. Murió sin haber completado sus memorias, cosa de lástima porque se rumorea que uno de sus lugartenientes negoció por él un jugoso contrato con una gran casa editorial norteamericana. No se sabe de la suerte corrida por el manuscrito. En verdad Hitler falleció a tiempo pues su situación económica no podía estar peor. Las cosas llegaron a tal extremo que en 1964 sus seguidores y discípulos debieron organizar un asadito para, como bien lo dijo el escritor Enrique Lafourcade hace muchos años, "apuntalar sus quebrantadas finanzas".

Años después, en 1970, se celebró un segundo asado conmemorativo, esta vez para ayudar a Elisabeth Kalhammer, la criada de Hitler, último miembro vivo de su séquito y quien también tenía problemas económicos. Fue un asado que según testigos se desarrolló en un ambiente de mucha cordialidad y camaradería. Sabemos que asistió un reportero de una radio de provincia invitado por mérito de sus juveniles simpatías por el Tercer *Reich*. Este profesional logró acercarse a Elisabeth y conversar con ella unos minutos. Ya muy vieja, enferma e inválida, la pobre mujer cabeceaba muerta de sueño en la resplandeciente silla de ruedas de aluminio que le había regalado la comunidad nazi residente y estaba a punto de quedarse dormida, pero el reportero logró sacarla del marasmo. Años después pondría por escrito lo que recordaba de esa charla. Es lo que les ofreceremos aquí sin garantizar la exactitud ni del contenido ni de la forma porque el hombre ha muerto y no podemos consultarlo. Hemos editado lo suficiente para eliminar secciones de poca importancia y ningún interés.

"...cuando me acerqué a doña Elisabeth la vi muy pálida, con enormes ojeras y la mirada huidiza. Por momentos parecía alerta, atenta a todo, luego sus párpados se desplomaban y daba la impresión de que en un instante sería vencida por el sueño. No la había visto probar ni un solo pedazo de carne, pero en una mesita ratona puesta a su lado había un plato con pasteles al que la ví echar mano repetidas veces durante la jornada. Uno o dos se le habían caído de las manos y estaban en el suelo, sendas cataplasmas blancas, aplastadas y planas como la inexpresiva cara de un *clown* e invadidos por batallones de hormigas. Fue lo primero que le comenté, su gusto por los dulces. En un castellano difícil de entender me dijo que los pasteles de la Ligua era lo que más le gustaba de Chile y siempre los estaba encargando. "Menos mal que hacen siquiera esto bien", farfulló. Luego se explayó sobre el tema y musitó algo acerca de la razas mezcladas, "los quiltros, como dicen aquí" se explicó.

Me molestó su tono despectivo. ¿Creía, la vieja de mierda, que por ser blanca y haber ventilado la cama pasada a pedos de Hitler estaba por encima de nosotros? Sépase que soy más bien moreno y mi segundo apellido es Llaintul. Le dije, algo amoscado, que Alemania estaba llena de distintas etnias, a lo cual asintió sin hacer comentarios. Se la veía agitada y le costaba respirar. Cuando al fin se calmó le dije que quizás no había ninguna nación que no fuera resultado de una mezcla de razas y en seguida, ya que no contestó nada, agregué algo que no suelo decir en voz alta delante de mis camaradas: había idiotas en todas las razas y gente valiosa en casi ninguna.

Elisabeth no dio signos de molestia o irritación, ni siquiera de comprensión, de hecho parecía no haberme oído, pero de súbito se enderezó en su silla con la abrupta velocidad de un muñeco accionado por un resorte y me preguntó si acaso yo sabía que el propio Hitler, en sus últimos días, había mirado a huevo a la raza alemana por ser incapaz de ganar la guerra. Lo dijo y le vino un ataque de tos tan intenso que llamó la atención de los pocos asistentes que aún estaban en relativo estado de sobriedad. Al cabo de un minuto se recuperó, limpió con un pañuelo los cristales de sus anteojos, me hizo un gesto para que me le acercara, se inclinó hacia mí y me confidenció que lo que iba a decirme debía quedar para siempre en el más estricto secreto. Fue lo siguiente: "una vez, de visita en la granja de una amiga cuyos trabajadores eran prisioneros rusos de guerra, conocí a uno de ellos bastante guapo y esa noche, a hurtadillas, en el granero, tuvimos sexo... me importó bien poco su raza..."

Me quedé helado. No sé si la palabra "atónito" es suficiente. "Miren la vieja de mierda y además cachera " pensé. "Así es, amigo chileno...", continuó ella, "...sepa que ya en 1942 me importaba un cuesco todo eso de las razas". Y luego agregó algo muy inesperado considerando que anciana y todo y con la experiencia que los años supuestamente otorgan a la gente mayor, de todos modos nunca había sido otra cosa que mucama, una simple criada por mucho que lo fuera de un líder político de la estatura de Hitler. Continuó hablando y agregó lo siguiente: "...para que vea que no hay razas superiores piense en Goering, un gordo asqueroso siempre haciendo promesas que nunca cumplió. Me consta... Soltó, ese culeado, una mentira tras otra y además era un ladrón de mierda... Se dedicaba más a robar colecciones de pinturas de los museos y de las mansiones abandonadas de judíos ricos que de reorganizar la *Luftwaffe*. Si alguien debía ir al crematorio, era él. Lo mismo digo de tantos otros..."

Respiraba fuerte y su pecho subía y bajaba como un fuelle, pero sólo yo lo noté porque los dos o tres asistentes que hasta hace poco aún estaban en estado de relativa temperancia, no sabiendo ya del mundo, dormían la mona a pata suelta, desplomados como animales en sus reposeras. ¿También se creerían de una raza superior? Por consiguiente en esa tarde acercándose rápidamente al crepúsculo sólo hubo dos testigos de sus dichos, ella y yo. Con el crepúsculo venía la noche, se anunciaba ya y me recorrió el espinazo con un calofrío. Sentí cómo todo se desplomaba en la más absoluta inanidad. ¡Pensar que del *Reich* y sus fúnebres glorias sólo quedaba, de testigo viviente, esa anciana ignorante y además refocilándose con los rusos! Sí, todo se caía a mi alrededor. Del *reich* de los mil años sólo restaba esa valetudinaria a quien ya la parca la estaba agarrando de las lastimeras hebras canosas que aún habitaban su cráneo, las mismas que con más color alguna vez se habían inclinado reverencialmente ante el líder.

Pero eso no fue todo. Una vez más Elisabeth cobró vida y sumó a sus ya detestables palabras otra retahíla de inconveniencias:

"...mire joven, no lo digo por hacerle la pata a los aliados porque la guerra acabó hace rato y además ya estoy pensando mucho más en la vida eterna que en otra cosa, pero sepa que ya el año 42 Adolf estaba gagá y lo mismo digo de sus subalternos... un día, fijesé, tonta e ignorante como era y sigo siendo, tuve una terrible visión, un pálpito si quiere llamarlo, acerca de lo falto de contenido no sólo del *Reich* sino de todo lo que hacemos los humanos con tanta fanfarronería, ¿sabe usted?, con tanta vanagloria e inspirados en puras idioteces que a menudo terminan en baños de sangre y probablemente las más idiota de todas esas ilusiones peligrosas sea esa que tanto le gustaba a mi jefe, lo del pueblo elegido, de la raza aria superior. ¡Qué tontería! ¡Si usted hubiera visto como yo, de cerca, a esa banda de ineptos y lameculos...!

Su respiración se normalizó. Fue como si, confesando eso, se hubiera puesto en armonía y conformidad consigo misma. Tranquila y con más contundencia y coherencia de lo que podría esperarse agregó que claramente no habían razas elegidas ni mejores que otras porque todos éramos igual de miserables. Y luego hizo una adivinanza: "cuando en 50 años más este país se llene de haitianos, venezolanos, colombianos y peruanos como lo he visto en sueños, sucederá lo mismo de siempre una vez más porque no van a faltar los idiotas creyéndose mejores... su país se llenará de inmigrantes iguales a ustedes en lo malo y quizás un poco mejores en lo bueno. ¿Sabe? No hay una "raza chilena" que valga la pena preservar. No me mal interprete, no hay pueblos mucho mejores que el suyo. Son todos una cagada. El pueblo común, sepa usted, es igual en todas partes, se lo digo yo, una vieja que ha visto mucho... un pueblo no es más que una suma inmensa de gente más bien fea e intelectualmente muy poca cosa, apenas un poquito más civilizados que los hombres de las cavernas y a cuya condición regresan apenas se corta la luz y ya no hay policía que los vigile ni ley que teman. Sucediendo eso, en el acto retornan a la condición de hombres primitivos. ¿Cuántos se libran de ser torpes, ignorantes, codiciosos, repletos de odio, de envidias y de bajezas? Yo era huevona pero nunca le hice mal a nadie. Me dejé capturar por la magia de servir a un hombre poderoso. Tal vez por esa razón existen hombres poderosos. Hitler en sí mismo no era sino un pobre infeliz. No sé si reír o llorar cuando pienso en tantas nulidades que se creían miembros de la raza maestra del universo y no eran sino una horda de mediocres con vistosos uniformes, petulantes, ignorantes y aduladores. No hay virtudes en los pueblos, en los grupos o en las clases, joven, sólo puede haberla, quizás y apenas y a ratos, muy de vez en cuando, aquí y allá, en unos pocos individuos...

Lo dijo, cerró los ojos y entonces sí se quedó dormida.

IV

Gabriel Valdés

(De la cultura popular)

Les Cahiers du Cinéma es una revista francesa dedicada al cine. Es una publicación muy prestigiada y a menudo casi ininteligible – lo cual aumenta considerablemente su prestigio en los círculos de la *intelligentsia* – cuyo propósito es examinar críticamente películas, directores, actores, etc. Su lenguaje suele ser tan rebuscado y sutil que de seguro ni siquiera Sartre en sus mejores tiempos, los de antes de salir a las calles a repartir volantes en contra de la guerra de Vietnam y otras causas célebres, era capaz de entenderlo. Tal vez por eso mismo el solo hecho de ser entrevistado por dicha publicación otorga una gran dosis de cachet.

A Gabriel Valdés lo invitaron a una *séance* por su calidad de cuasi presidente de Chile, lo que posiblemente hubiera llegado a ser a no mediar la chanchada que le hicieron para abrirle paso a otro candidato. Fuera de eso fue canciller y reconocido como hombre culto y de exquisitos modales, pero en especial concitó el interés de la revista por venir de Latino América, continente que en Francia siempre suscita curiosidad debido a un exotismo de invención de los propios franceses, un prejuicio que se remonta a la necia idea del "buen salvaje" de Jean Jacques Rousseau, idea poderosamente reciclada en tiempos modernos desde cuando García Márquez publicó *Cien Años de Soledad*. Esa inmensamente popular y exitosa novela dejó a Latino América aún más atornillada en la falsa imagen de ser un "continente mágico" donde las mariposas se llevan en vilo a la gente aunque, en realidad, es tierra poblada mayoritariamente por alcohólicos e ineptos.

Valdés, siendo como era hombre cercano a las finezas de la vida, arte incluido, le pareció a los periodistas de *Les Cahiers du Cinéma* ser el entrevistado ideal para meterle el diente al siguiente tema: qué puede ofrecerle al mundo de las artes nuestro continente. En especial le preguntaron sobre el "arte popular", que hace furor en estos días.

Periodista: Gracias por concedernos esta entrevista, *Monsieur* Valdés. Estamos seguros que usted es quien mejor puede darnos detalles más acabados acerca de este magnífico impulso que vive su país y todo el subcontinente en el sentido de abrirle de par en par las puertas al arte popular, a las manifestaciones del ciudadano común, a la democracia estético-transversal, a la herencia de los pueblos originarios, al rico aporte de los artesanos y darle en cambio menos importancia al elitismo de las clases explotadoras y vasallas del imperialismo que han hecho del arte una suerte de jarrita de porcelana para adorno y entretenimiento de una clase...

Valdés: ¿De qué diablos está usted hablando? ¿Qué es eso de la jarrita de porcelana?

Periodista: Creo que lo dijo ni más no menos que el gran Nicanor Parra. Se lo dijo al huevón del Villegas. Le dijo que casi todo el llamado arte era como cerámica bien hecha, loza "policromada", piezas de adorno...

Valdés: Tal vez Villegas sea huevón, de hecho casi no hay dudas de eso, pero lo que dijo Parra es una lesera. Una de sus *boutades*. Arte menor, de mero adorno, decorativo, artesanía se la llama también, siempre ha existido, pero es cosa distinta al arte de verdad. ¿Me va usted a decir que Picasso decoró jarritas de porcelana?

Periodista: Picasso supo ponerse en sintonía con su tiempo, recuerde el cuadro *Guernica*. Toda una denuncia del fascismo...

Valdés: Esa es una pintura entre cientos, miles de Picasso. Y su valor estético no depende de su sujeto, sino de su ejecución. ¿Y cuál es la sintonía, dígame usted, de su fase cubista? Y más importante aun, ¿en qué sentido estar "en sintonía" con los tiempos es un mérito? ¿Qué significa eso en primer lugar? ¿En sintonía con los gustos de la plebe? ¿En sintonía con los críticos de moda? ¿En sintonía o más bien obsecuencia con los movimientos de opinión del momento?

Periodista: Significa en sintonía con las aspiraciones espirituales de una época...

Valdés: Eso que acaba de decir no significa nada. "Aspiraciones espirituales de una época" es una frase presuntuosa y vacía... Un artista de verdad hace lo que siente debe hacer, lo cual casi siempre significa que no refleja nada salvo su alma, menos aun las "aspiraciones espirituales de su época", o cuanto más las refleja a través de sí mismo, lo cual es cosa muy diferente. Normalmente las "aspiraciones de una época" son cosa superada, la expresión ahora masiva de lo que en su momento, cuando valía la pena, fue rechazado. Ahora se aceptan precisamente porque ya no revelan nada original y nuevo, sino las demandas y gustos de la chusma... En pintura, hoy, las "aspiraciones de la época" para el 99% de quienes visitan los museos es el impresionismo... Eso lo dice todo.

Periodista: ¡Qué sorpresa descubrir en usted a un elitista!

Valdés: El arte es elitista por naturaleza porque busca la excelencia, lo mejor que el artista pueda hacer y ofrecer, no lo que los demás pueden entender y gustar. Esa vocación por la excelencia es la válida, la única válida aun si el artista, siendo mediocre, no lo logra. La aspiración del artista de verdad es llegar a la cumbre, no satisfacer a la meseta. Cuando en el teatro Municipal de nuestro país se ofrece una obra de Mozart no es porque se desee excluir y separar, sino porque se desea ofrecer lo mejor, lo más sublime, lo más elevado.

Periodista: ¿Y no lo es el arte popular?

Valdés: Puede serlo, pero no por ser popular, sino si acaso es bueno. No hay mérito intrínseco en el hecho de que algo lo componga doña Juanita en vez de Mozart. No hay mérito en que un estribillo lo tarareen millones de personas en vez de sólo unos cientos. Esa mirada termina llevando a la vulgaridad, al panfleteo, a la propaganda, a la mediocridad convertida en estándar. Se ha visto en todas partes donde esa concepción del arte se ha consolidado.

Periodista: Nos estamos llevando una sorpresa con usted. Imaginábamos que era progresista...

Valdés: ¿A qué llama progresista? ¿A cacarear lo que todo el mundo cacarea? ¿A hacerlo porque dichos cacareos son populares? ¿O porque agreden valores pre existentes aunque estos sean valederos? ¿O porque son nuevos, si acaso lo son? ¿Quién determina cuándo algo equivale al progreso o no? ¿Y a qué llama usted progreso? ¿Y qué tiene que ver con el arte?

Periodista: Veo que usted, *Monsieur* Valdés, es un sofista. No es con palabreo que se resuelven estos importantes temas.

Valdés: Precisamente, no es con palabreo. ¿Y qué otra cosa sino palabreo es hablar como usted hace acerca de "la democracia transversal", "la herencia de los pueblos originarios", "el rico aporte de los artesanos"? El arte vale porque vale su ejecución, su belleza, su trascendencia, no porque alguien lo catalogue o de elitista o de popular y en sintonía con los tiempos.

Periodista: La suya es una mirada no sólo elitista, sino aristocratizante...

Valdés: ¿Sabe qué significa la palabra aristocracia? Viene de *aristos*, que significa lo sobresaliente, lo mejor, lo óptimo. Toda persona sana, honesta, con vitalidad, no puede sino aspirar a eso, a lograr lo mejor, a valorar lo excelente, a luchar y esforzarse por conseguirlo. No se confunda con el significado político del término. No hablo de las élites sociales y políticas, de los ricos y poderosos; hablo de la aspiración a lo mejor, a la selección de lo más vital y excelso. Hacer lo contrario, mirar eso con sospecha y adorar o adular lo mediocre y lo bajo es un signo de degeneración espiritual... es la bajeza de quien no pudiendo llegar a cierta altura no se conforma con al menos siquiera alabarlo y apoyarlo, sino desea rebajarlo y destruirlo. Es aristócrata quien mira hacia lo alto y aspira a lo más elevado, no necesariamente el que tiene riqueza y poder. Entre estos últimos abundan los mediocres y cultores de lo mediocre.

Periodista: De manera que para usted las expresiones

populares son una porquería...

Valdés: Usted parece no entender nada. Las expresiones artísticas, populares o no, son, en tanto que arte, buenas o malas, nada más. Puede alguien encontrarles otros sentidos, ver en ellas un mensaje, hasta convocatorias, pero en su esencia son obras para ser apreciadas estéticamente. Y no por ser populares tienen mérito estético. Ni lo tienen tampoco esas obras hechas casi de adrede para no ser entendidas por nadie o sólo por un círculo de auto complacientes "entendidos" o "conocedores". Eso es pedantería e impostura. En este caso, el del arte popular, el que se considere que por provenir del pueblo, si acaso de ahí proviene, tiene por esa sola razón un valor que ha de ser alabado y ensalzado, bueno señor, eso es una terrible distorsión señalando hasta dónde llega el afán de establecer como estándar oficial una mirada mediocre del mundo, complacida con lo a medio hacer, lo a medio morir saltando, lo de mediana calidad y sin exigencias. Por eso mismo dicho espíritu plebeyo brega por rebajar las varas de medida hasta llegar a una tan baja que no revele la poquedad del que mide. En otras palabras, si todos somos mediocres, nadie es mediocre. En muchas de estas llamadas expresiones populares que pretenden rabiosamente ser más que eso, que no se satisfacen en su ingenua existencia como tales sino pretenden alcanzar un valor superior, lo que palpita en realidad es algo muy sórdido y muy oscuro, a saber, la envidia y el rencor y el malestar hacia lo elevado y luminoso... para el fulano penca eso es una denuncia de sus limitaciones y oscuridad. Ese es el momento cuando surge un odio satánico contra lo alto que sólo se satisface con su caída...

Periodista: *Monsieur* Valdés, usted es un reaccionario sin remedio y además con pruritos de metafísico. ¡Cómo se hace notar su origen social! No veo dónde está su humanismo cristiano, el que profesa la gente de su partido.

Valdés: Dejemos ese tema para otra ocasión si acaso habrá otra, lo que dudo. Y sí, soy reaccionario si eso significa reaccionar con indignación ante el avance y, diría, el universal triunfo de la mediocridad...

Gabriel Valdés

V

Tzar Nicolás Romanov II

(De la crueldad)

En un universo paralelo que está muy lejos del nuestro, el último Zar de todas las Rusias, Nicolás II, así como su numerosa y bella familia, no fueron masacrados con tiros de revólver por los rencorosos, resentidos, fanáticos y más que desagradables miembros del partido Bolchevique que en nuestro universo fueron enviados para cumplir esa misión por el no menos antipático y fanático y sobre valorado Lenin; en ese mundo un poco más decente Nicolás y los suyos fueron despachados en un tren a París y en esa ciudad se las arreglaron para salir adelante, primero con algunos subsidios de la mermante nobleza rusa en el exilio, luego aceptando trabajitos: Nicolás como tutor en ruso y su mujer, Alejandra Fiódorovna Románova, como la madame a cargo de una perfumería en la Rue Rivoli. La esperanza de vida promedio es, en ese universo, mucho mayor que la nuestra, de modo que fue posible hablar con Nicolás recién cumplidos sus 150 años de edad. La comunicación se estableció en francés por intermedio de un agujero de gusano localizado cerca de Pichilemu. Traducción libre del editor.

Fernando: Qué tal, don Nicolás, ¿cómo está?

Nicolás: Muy bien, gracias Fernando. Le cuento que vengo de celebrar mi cumpleaños y confieso que fue aburrido. Los primeros 90 ó 100 pueden tener alguna gracia, pero luego se hacen algo repetitivos.

Fernando: Es comprensible. ¿Y doña Alejandra y los niños? Deben estar ya bien creciditos...

Nicolás: Todos y todas muy bien, gracias por preguntar, los saludaré en su nombre. Por cierto, tienen sus propias familias. Ya tengo nietos y biznietos y creo que también tataranietos...

Fernando: Lo felicito. Y si le parece conveniente podríamos entrar en materia. No sé si sabe, pero usted y su familia, en mi mundo, fueron masacrados en el interior de una casa, a tiros, brutalmente, en lo que fue una verdadera carnicería...

Nicolás: Me han contado, sí. Entiendo que ahora sus restos, encontrados no hace mucho, han sido debidamente sepultados, incluso con honores. Creo que se lo merecían. Ni Alejandra ni las niñas y niños eran responsables de nada y yo, por mi parte, pude equivocarme tanto en mi mundo como en el suyo, pero hice lo mejor que pude y por cierto no terminé matando, como los bolcheviques, 60 millones de personas entre guerras mal dirigidas, purgas, hambrunas, balazos en la nuca y todo el elenco de brutalidades de Lenin, Stalin y sus secuaces.

Fernando: Eso es cierto, pero fue usted, de todos modos, bastante huevón — *espèce de con* fue en realidad la expresión usada — si me permite decirlo y en dicha condición sembró las semillas de su desgracia en este mundo y en el suyo. ¡Mire que darle espacio a ese *mujik*, Rasputín!

Nicolás: Esa fue una lesera de Alejandra, ya sabe cómo son las mujeres y sobretodo cómo eran en esos años, siempre listas para comprarse cualquier payasada.

Fernando: No lo vaya a decir nunca si viene a Chile o lo acusarán de machista, misógino y acosador.

Nicolás: Ya lo sé, descuide. Lo cierto es que lo de Rasputín fue idea de ella. La pobre estaba desesperada por el problema de salud del niño. Yo también. Y en todo caso la suerte de mi régimen no pasó por Rasputín, eso es una anécdota. Lo crucial es que estábamos en guerra con mi tío el *kaiser*, había hambrunas, la guerra iba mal, nos sacaban la cresta y me echaron la culpa de todo. Lo mismo que hacen ustedes con los entrenadores de fútbol.

Fernando: Pero además de eso se ganó muchos odios.

Condenó a mucha gente a Siberia. Uno de ellos, ejecutado en la horca, era el hermano de Lenin, quien, ya ve, se la cobró caro. Fue usted muy represor. Murieron manifestantes en las calles.

Nicolás: Lo del hermano de Lenin era merecido. Un pobre infeliz tanto o más imbécil y despreciable que ese tal Gavrilo Princep, el activista serbio que le disparó al archiduque Francisco Fernando y desató la guerra; era, dicho hermano de Lenin, otro más de esos tontones dados a los atentados para promover ideas absurdas como más tarde se demostraría que lo eran a costa del pueblo ruso y de gran parte de Europa. Y fuera de eso no condené a mucha gente a ninguna parte, no envié ni a cien personas a Siberia y no llené las calles de muertos. Tampoco mandé pueblos enteros a morirse de hambre en la tundra ni liquidé a los campesinos ricos por serlo y luego a los pobres por no saber trabajar y enriquecer a los comisarios. No maté a millones por ser miembros de una categoría abstracta. No fui un gobernante cruel. No lo fui porque no tenía los dogmas de un creyente...

Fernando: ¡Pero si usted era y es creyente, cristiano ortodoxo!

Nicolás: Es muy diferente creer en un Paraíso situado en el Cielo a creer en un Paraíso aquí en la Tierra. En el primer caso usted no pone tanto hincapié en lo que pase en esta vida y además trata de ser decente y eso significa andarse con todas las dudas y vacilaciones del mundo y con la idea, que a usted le parecerá ridícula, de que hay un Dios tomando nota de sus actos. Uno puede tener, si es creyente, ideas absolutas sobre el Bien y el Mal y creerlas cien por ciento correctas y hasta desear imponerlas a otros, pero aunque eso en ocasiones lleva a excesos terribles, siempre estamos atentos a la existencia de un Dios vigilante, lo cual pone algún freno. Pero dígame usted, Fernando, ¿qué freno puede haber para quien tiene ideas absolutas que han de ser validadas en esta vida, para quién está urgido por probarlas aquí mismo, ahora, pero además sin nadie que sea testigo y juez de nuestros actos, salvo esa fantasmagoría, la "posteridad"? En este caso su ferocidad no encontrará ningún límite...

Fernando: Explíquese más, por favor, eso del Paraíso aquí o allá...

Nicolás: Lo digo de otra manera. Cuando se usó la fuerza para dispersar una muchedumbre en San Petersburgo, orden que yo no dí, lloré porque murieron unas 20 ó 30 personas en una tarde atroz, de delirio. Lo he considerado terrible y hasta le rogué su absolución al imbécil de Rasputín, pero cuando los bolcheviques mandaban a matar a sangre fría a millones - ¡millones! - lo hacían con buena conciencia, tranquilos, convencidos de estar en lo correcto, actuando como sumos sacerdotes de un plan grandioso y sin derramar ni una lágrima a la vista de ese océano de sufrimiento. Pensaban que la construcción del socialismo, su meta absoluta, lo justificaba todo. La divergencia, entonces, no era vista como una diferencia de opinión sino como un obstáculo criminal a la materialización de un Bien tan absoluto en su Bondad e Importancia que simplemente la existencia de dicho sujeto con ideas distintas era intolerable. ¿Quién es quién para oponerse aunque sea sólo de palabra a la maravillosa etapa siguiente de la historia humana, esa que está a la vuelta de la esquina con que tan sólo sigamos hacia delante sin reparar en los costos? Por eso es que en el corazón de esos credos absolutos reina una crueldad sin límites...

Fernando: Me cuentan que un fraile español reconocía que matar gente quemándolos vivos en la hoguera, como ocurría durante la época de la Inquisición, era terrible, pero, luego decía, les salvaban el alma y evitaban así que ardieran en el infierno, donde no ocurriría no por cinco minutos sino por una eternidad. Siendo la vida eterna cosa absoluta, se justificaba infligir este horror aquí en la Tierra.

Nicolás: ¡Exacto! Se empiezan a entender esas cosas a medida que se envejece. De joven, ignorante y huevón como se es, las ideas abstractas convencen fácilmente precisamente porque son simplistas, en blanco y negro, lo explican todo en tres líneas y a la pasada ofrecen una identidad, un plan de vida, algo que hacer para huir de la mediocridad y el hastío. Sólo más tarde uno se va dando cuenta que no significan nada en comparación con el valor de la vida concreta, el dolor o la grandeza o la humanidad de este individuo, de este hombre y mujer, de este momento que se presenta y entonces nada hay que justifique destruir ese avatar de la particularidad en nombre de un fantasma, de una palabra, de una frase.

Fernando: Eso también pone entre paréntesis las creencias religiosas...

Nicolás: En ocasiones, sí, también son salvajes, pero el hecho de apuntar a otra vida les quita parte del aguijón. Las religiones pueden tener fases de proselitismo sangriento, pero luego se domestican y retornan a su naturaleza, la cual es mirar hacia el otro mundo, no a éste; en cambio los credos seculares nunca pierden su fiereza criminal porque se refieren todo el tiempo a esta vida, a este tiempo y lugar y por ende no tienen ni pueden tener reposo. En la religión al menos es posible el quietismo, la contemplación, la humildad, el recogerse en sí mismo para salvar el alma porque al fin y al cabo el sujeto que se salva o condena es el individuo, no el clan, la tribu o la sociedad entera. Los credos mundanales, en cambio, pretenden salvar al colectivo y sólo toleran el activismo.

Fernando: Y sin embargo a esa mirada con los ojos en blanco hacia el altar donde moran las grandiosas palabras y las abstracciones se le adjudican toda clase de virtudes: quien tal cosa hace es "idealista", mientras quien no lo hace es un reaccionario, un patán, eventualmente un "elemento contrarrevolucionario".

Nicolás: Tal cual. Si se piensa a fondo, ese llamado "idealismo" es simplemente una manifestación glamorosa de imbecilidad. Aun más, de resentimiento. El idealista es quien no sabe ajustarse inteligentemente, exitosamente, a la realidad, por lo cual la considera nefasta, malsana, injusta y finalmente desea destruirla. La realidad tal cual es se le presenta como el escenario de su fracaso y desgracia y por lo tanto no merece existir. Es una actitud que suele ser popular porque en este mundo muchos más son los perdedores que los exitosos. Y con esa visión inevitablemente viene un deseo de destrucción que primero se fantasea y vocea y luego, si se puede, se materializa. Es toda una bocanada de odio y rabia eso a la que se llama "idealismo".

Fernando: ¿Me dice entonces que no hay ningún afán de justicia que no sea el disfraz del odio? ¿Y que no hay injusticias sino desiguales destinos, el éxito y el fracaso?

Nicolás: No digo eso. El afán de justicia que se despierta cuando se es testigo del crimen, del pisoteo o ninguneo de lo que vale, de lo que es bello y sano, de lo que es inteligencia y saber, es en el fondo el amor por lo que es bueno, vivo, hermoso, admirable y superior. Hablo aquí de otra cosa, del presunto afán por justicia que nace del deseo no de apoyar y promover lo bueno, bello y superior, sino de no permitirle existir porque hay otros que no tienen dichas virtudes. Eso, la superioridad, resulta para dichos "varones justos" inaceptable. Es un deseo de justicia retorcido, nacido de la envidia y el rencor.

Fernando: No tenía idea que era usted hombre tan reflexivo. La historia escrita en este mundo, el mío, lo pinta a usted casi como un idiota o en todo caso alguien muy mediocre incapaz de pispar lo que se venía, encerrado totalmente en los prejuicios de la nobleza rusa, un pobre ave como aquí decimos...

Nicolás: La historia nunca dejan bien parados a los perdedores y yo claramente fui un perdedor. Yo no soy ni era tan idiota como me pintan, créame que en mi universo también me miran con desdén por ese motivo. Imaginan que alguien de mayor inteligencia hubiera podido evitar la revolución. ¡Qué absurdo! Si Tolstoi hubiera estado en mi lugar tal vez no habría habido un Rasputín, pero hubiera habido una revolución de todas maneras. Y si por cualesquiera razones no la hubiera habido estando yo en el poder, entonces se me retrataría como un gobernante sabio y me habrían adjudicado el desarrollo industrial y todas las demás modernidades que Rusia ya estaba teniendo y viviendo desde antes de mi reinado...

En ese momento de la conversación hubo un corte de luz y el agujero se cerró.

VI

Abraham Lincoln

(De la ira)

Don Abraham Lincoln, a quien visitamos en el hospital donde se recupera de la herida que sufrió en un atentado felizmente fallido — la bala penetró su cráneo y dañó las meninges, pero sólo rozó su cerebro —, aceptó graciosamente, ya casi totalmente recuperado, conceder una entrevista para un número especial de nuestra revista, *Hunt's Merchants' Magazine*, la cual saldrá a la venta en los próximos días. Don Abraham ha perdido algo de su popularidad pues ya no está en el gobierno y por consiguiente carece de poder para repartir sinecuras, pero aun así se le entrevistó porque si bien hay quienes rumorean que el impacto de bala, aunque no fatal, lesionó sus capacidades intelectuales, se trata de un rumor malicioso, mal intencionado y del todo falso. Como se comprobará, el hombre está lúcido y mantiene su sabiduría de siempre.

Periodista: Buenas tardes, don Abraham, gracias por recibirme y muy contento de verlo casi recuperado...

Abraham: Buenas tardes, hijo... Sí, estoy bien, sigo aquí por unos días más porque los médicos quieren jugar a la segura, pero ya la próxima semana me dan de alta. Casi no puedo creer en la suerte que tuve. Ese imbécil de Wilkes Booth, el que me disparó, fue tan torpe que aun poniendo su pistola a unos centímetros de mi cabeza no supo hacer bien su trabajo, pero igual me condenó, ya ve usted, a quedar fuera del gobierno. La vida es así, hijo, del todo inesperada.

Periodista: Como usted de seguro sabe, a Wilkes Booth lo atraparon y mataron en un baleo con la policía a los pocos días del atentado... Usted estaba aún inconsciente. Supongo que eso le dará algún consuelo.

Abraham: ¿Por qué habría de dármelo? No soy hombre rencoroso. Puede usted constatarlo examinando mi carrera política. Nombré en altos cargos a mis más enconados enemigos. En todo caso ese descerebrado de Wilkes tuvo suerte. Se salvó de la horca. Ser colgado es peor modo de morir que recibir un balazo. Tuvo más suerte que tantos soldados Confederados y de la Unión que murieron víctimas de horribles heridas y luego de penosas agonías. Cada vez que pienso en eso me entristezco más de lo que puedo describir.

Periodista: A propósito, no deja de ser una terrible ironía que un hombre como usted, el más lejano que he conocido de la ira y el odio, haya debido conducir una guerra civil...

Abraham: No quise esa guerra. ¿Quién desea una? Me fue impuesta. No podía quedarme de brazos cruzados viendo desintegrarse la Unión. ¿Qué alternativa había? Pero debí aceptarla y conducirla y lo hice con corazón pesado. La conduje sin ira, sino con inmensa tristeza. Nunca odié a los Confederados ni a sus líderes. Me duelen tanto nuestras bajas y sufrimientos como los de ellos. Ni siquiera debiera decir "ellos". No sólo somos hijos de la misma raza que llegó a esta tierra, sino y por sobre eso somos todos seres humanos. Murieron padres, esposos, hijos, nietos, hermanos... ¿Qué importa qué uniforme llevaban puesto al momento de morir?

Periodista: Y sin embargo sin odio y sin rabia la guerra es imposible. ¿Cómo habría usted movilizado a cientos de miles de hombres para ir a la guerra a salvar la Unión si no estaban inspirados por algún fuerte sentimiento? No basta reclutarlos a la fuerza. Llegado el momento de la batalla, se necesita algún interés por parte de los combatientes o en vez de batalla tenemos rendiciones y deserciones en masa. A sangre fría nadie se expone a recibir una bala y nadie desea dispararle una a otro hombre... De modo que usted dejó que la prensa y los demagogos inflamaran las pasiones...

Abraham: ¿Cómo hubiera podido impedirlo aun de desearlo? Pero usted dice bien: hay opciones terribles que una vez tomadas obligan a otras también espantosas. No puede tener soldados aguerridos capaces de ganar una guerra necesaria o inevitable si antes de la batalla va a predicarles eso de poner la otra mejilla...

Periodista: Es una prueba de cómo el Mal y el Bien en muchas ocasiones se entremezclan y no pueden separarse. No siempre y quizás casi nunca operan como entidades claramente distintas oponiéndose como los dioses del maniqueísmo persa.

Abraham: En eso consiste la tragedia de la vida, joven amigo. Para hacer el Bien a menudo debe usted hacer el Mal, o siquiera permitirlo. Peor aun, nunca ese Bien es tan claro en su perfil como lo es el Mal usado para alcanzarlo. No siempre se nos entrega el consuelo de saber en un cien por ciento que estamos haciendo lo correcto. ¿Tal vez debí hacer posible que se constituyera otro Estado? ¿Era tan terrible? Creí que sí y sigo creyéndolo, pero creo también que no puedo creer en eso con la misma firmeza con que creo en Dios.

Periodista: Ha hablado usted de tristeza varias veces, nunca de ira. Fue capaz, incluso, como me lo ha recordado, de llamar a su gabinete a enemigos políticos que lo habían maltratado de todas las maneras posibles. ¿Cómo lo hizo? ¿Simplemente un cálculo político?

Abraham: Siendo la vida tan compleja que no se sabe qué es lo que debe hacerse para llegar al bien, o sabiéndolo sólo a medias y además debiéndose transar con el mal, ¿no cree usted que si a eso agregáramos esa convicción feroz que provee la ira haríamos de esta vida un infierno inconcebible? Nada se ofrece al alma humana con mayor fuerza de convicción que la rabia. La verdad y el afecto es vacilante, pero el odio siempre está seguro de sí mismo. Aun el amor puede entibiarse, incluso desvanecerse, lo cual sucede a cada momento, pero vea usted cuán fuerte y perseverante es el odio y por tanto la rabia que lo expresa. No por otra razón me dispararon a quemarropa. Por ella, por lograr que se descargue sobre y contra lo que odia, es usted capaz de destruirse a sí mismo. Llamé a esas personas porque estimé que sería útil hacerlo para el país, pero además porque no sentía ira contra ellos. Son, eran como usted y yo, simplemente humanos y basta eso para que podamos suponer que somos o seremos víctimas del rencor, la ambición y la maledicencia.

Periodista: Muy cierto...

Abraham: Es de universal conocimiento cuán fácil es que la ira se convierta en actos terribles cometidos incluso contra seres queridos. ¡Imagínese, si tiene poder, todo el daño que puede hacer! ¿Ha leído lo que escribió Séneca sobre la ira? ¿No? Muy instructivo.

Periodista: ¿Y cómo ha logrado dominarla? ¿Que no se desarrolle? ¿Que se apague, extinga? Porque asumo que la ha sentido...

Abraham: La he sentido aparecer en mi alma, el primer brote de ella, pero es en ese momento que la desarraigo antes que crezca. Es lo que aconsejaba Séneca. Decía que hay un momento en que se es espectador de dicha aparición y todavía de usted depende dejarla crecer o no. Yo no la dejo. ¡Ah, qué cantidad de desastres y crímenes inspira la ira o el odio, su fundamento, la fértil y fría tierra de la cual emerge la rabia! Yo mismo casi fui víctima de eso, ¿no?

Periodista: Hábleme del desarraigo. ¿Cómo lo hace?

Abraham: No debiera decirlo. No es "políticamente correcto" como lo calificarán en 150 años más los bien pensantes, época para la cual, a Dios gracias, estaré muerto porque no tengo la paciencia o piel de elefante del huevón del Villegas para resistir la estupidez del prójimo. Aunque usted no lo crea soy muy sensible. Debiera mantenerlo en secreto...

Periodista: No se puede guardar en secreto una receta para combatir la ira, la que, como usted dice, ha traído tantos males.

Abraham: Bueno, de acuerdo, qué puedo perder. No volveré a la política, planeo dedicarme a la práctica privada de mi profesión... a ver, cómo se lo digo...

Periodista: Dígalo como quiera o le nazca, don Abraham.

Abraham: De acuerdo. Mire, es lo siguiente: la ira asume tácitamente que usted le da valor e importancia al asunto que la suscita, sea persona o cosa. ¿Acaso alguien se enoja tanto si su perro se roba el bife que preparaba para su almuerzo? ¿Acaso uno se llena de ira si te pica un mosquito? ¿Te enfureces si se te cayó una copa y se quebró?

Periodista: Claro que no, a lo más uno se molesta.

Abraham: Exacto. Uno se molesta y ahí queda todo. Ahí queda porque la causa es insignificante. La misma fórmula aplico cuando la causa es lo hecho o dicho por una persona, porque, como al perro que me robó el bife o la ley de gravedad que me quebró la copa, los considero en lo que son, tomo en cuenta su condición inevitable de seres humanos cuya naturaleza, como lo vemos por doquier, los inclina a la bajeza, la envidia, la ambición, la mala leche, el chisme, la maledicencia y mucho más, razón por la cual, en mi desdén, no les doy pelota. Son como son así como el mosquito es como es. No me enojo porque, en breve, no considero que merezcan mi ira.

Periodista: No es entonces por amor, sino por desprecio que usted no se enoja...

Abraham: No separe tanto ambos términos. No sólo se ama lo que se admira. ¿Admira usted a su perro? La gente es por lo general de poco valer, en suma, despreciable, esto es, de poco precio, pero no por eso deja uno, a veces, de amarlos. Amarlos a menudo por eso mismo, por su condición, su insignificancia, por tanto por su precariedad. No es sólo piedad o lástima porque a veces, muy pocas, brilla una luz, algo que los rescata y da dignidad. De eso me acuerdo siempre cuando veo al prójimo. Me pregunto lo siguiente: ¿no será este pobre badulaque capaz de entregar su vida por una causa superior? Y como puede suceder que así sea, lo respeto y aprecio un poco por esa mínima pero posible eventualidad...

Abraham Lincoln

Pablo Sáinz

VII

Mahatma Gandhi

(De la paz y todo eso)

El *Hindustan Times* publicó hace no mucho tiempo una entrevista de Mahatma Gandhi, quien, por si no lo recuerdan, abandonó la actividad política debido a fuertes desilusiones sufridas en ese campo y también a que un tarado intentó matarlo a balazos. Es propietario, ahora, en Nueva Delhi, de un pequeño negocio que atiende personalmente y donde se venden souvenirs para turistas, ya se sabe, Budas de plástico, varitas de inciensos y artesanías típicas de la India hechas en China. Algunas noches acude a una academia de meditación, se sienta en postura de Loto, dice *OOMM* y a la salida, por qué no, se toma una copita o dos.

La entrevista fue publicada en una edición dominical, formato más relajado donde importa menos lo noticioso del momento que lo magazinesco capaz de entretener las ociosas lecturas del fin de semana. Dicho sea de paso, en todos los universos donde Mahatma vive o ha muerto ya sea por el atentado o de una bronconeumonia, – los infinitos universos en los que murió de niño sin alcanzar a hacer nada los podemos descartar por irrelevantes – se observa un factor común: el hombre propició, predicó, fomentó y luchó por la paz, pero en el capítulo final de tantos esfuerzos sólo obtuvo la guerra, si acaso así podemos describir la mutua matanza entre hindúes y musulmanes al momento de dividirse el país entre India propiamente tal y Pakistán. Las cifras hablan por sí solas: más de 12 millones de refugiados debieron salir de un país e irse al otro y en el proceso un millón de personas de ambas comunidades terminaron muertas, amén de las miles de mujeres secuestradas. En los mundos en los que Mahatma fue asesinado, como sucedió en el nuestro, al menos se le ahorró el ser testigo de ese dantesco final.

Periodista: Buenas tardes, Mahatma, ¿puedo tratarlo así tan familiarmente? Me crié oyendo hablar de usted y siento como si fuera un pariente cercano, un tío.

Mahatma: Dale no más, adelante... Cuando se es comerciante se adapta uno por obligación a las familiaridades a veces hasta insolentes o vulgares que se arrogue el probable cliente... después de un tiempo ya no importa.

Periodista: Triste lo que pasó al final, ¿no cierto?, cuando el virreinato que era India como parte del imperio británico es dividido y se convierte en dos países, India y

Pakistán. ¡Qué de muertos en ese momento, sin contar las víctimas de las guerras que han sostenido después ambos países!

Mahatma: Es la razón principal por la que me retiré de la política, no los balazos de ese fulano. ¿Puede haber un fracaso más grande que predicar toda la vida la virtud de la resistencia pacífica y ser testigo de esa explosión de odio y violencia? Me siento un completo fracasado...

Periodista: No es por consolarlo, pero no veo culpa en usted. No fue quien azuzó a la gente, sino principalmente los fanáticos del Islam...

Mahatma: Mi fracaso consiste en haber sido tan huevón... Hay veces, joven amigo, que los años traen no sabiduría sino pura estupidez. Trabajé largo tiempo de abogado y por tanto tuve muchas oportunidades para observar muy de cerca el comportamiento de la gente. O no me di cuenta o lo olvidé para permitirme la ilusión vanidosa de que yo, Mahatma Gandhi, iba por la sola capacidad de convicción de mis palabras a modificar la naturaleza humana... ¡Qué necio! Por momentos hasta me sentí un santo y me dejé tratar como tal...

Periodista: Tampoco es culpa suya que eso sucediera, que se le adorara y viera de ese modo...

Mahatma: ¡Claro que sí! Permití que pasara. Permití que me rodeara un grupo de damas dedicadas a mí como si fuera yo una divinidad. Por poco no me limpiaban el poto. Me di aires. Debí ser menos ciego, menos pagado de mí mismo y darme cuenta de cómo yo, junto a otros es cierto, estaba abriendo las compuertas de un desastre...

Periodista: Era inevitable, señor Gandhi, esto es, Mahatma. Estas cosas, estos procesos en tan gran escala, nunca transcurren con la pureza de un ejercicio de demostración matemática.

Mahatma: No quería creerlo. No quería pensar de que no era posible cambiar a la gente sólo porque yo, disfrazado de eminencia espiritual y *derviche* o *fakir*, como me describió una vez con toda razón Winston Churchill, me paseara por ahí con mi cara de hombre bueno y los anteojos en la punta de la nariz. Me veo ahora, en las fotos, con no poco desprecio. ¡Qué ridículas, infatuadas criaturas somos...!

Periodista: No se flagele tanto...

Mahatma: ...si en esa época hubiera sidos menos ciego, si hubiera tenido el conocimiento y disposición que tengo ahora, ¿cree usted que hubiera salido al mundo a predicar tonterías?

Periodista: ¿Hubiera seguido siendo, hubiera preferido ser simplemente un abogado de mediano éxito y hablando sólo en la sobremesa de su casa de la independencia de la India?

Mahatma: ¡Por cierto que sí! Hablando en la sobremesa no se muere nadie. Hablando tranquilamente sentado y no vociferando desde una tribuna es cuando se habla con un poco más de sentido. Me habría quizás preguntado qué es eso de la "independencia". Me habría interrogado qué se ganaba con la independencia más allá de satisfacer la vanidad y los pruritos y las agendas de un puñado de nacionalistas e intelectuales de tercera fila. Me hubiera preguntado qué gana la gente común si en vez de tener administradores ingleses más o menos honestos y eficientes los reemplazábamos por una horda de haraganes ignorantes y deseosos de robarse hasta los tinteros. Y me hubiera dicho que la independencia llegaría de todos modos y no era necesario presionarla y crear tensiones antes de tiempo.

Periodista: Así pensaban los elementos más reaccionarios de la India... Me asombra que usted, pese a todo, coincida con ellos.

Mahatma: Lo que usted llama los "elementos reaccionarios" no eran, en primer lugar, "elementos", sino personas. Y en segundo lugar tenían razón. ¿Qué importa si la tenían por razones egoístas, de negocios, de comodidad, de miedo a perder algo en medio de las turbulencias? Usted estuvo en el colegio de niño, de seguro recibió clases de matemática... Dígame ahora si lo que el profesor demostraba en el pizarrón dependía de si el hombre era gordo o flaco, simpático o desagradable, si soltaba pedos o eructos durante la clase...

Periodista: Creo que a veces tosía...

Mahatma: Le voy a decir una cosa porque veo en usted, joven, ciertos indicios de que fácilmente podría caer también, como los fanáticos de esos días de la partición, en actitudes extremas...

Periodista: ¡Cómo se le ocurre!

Mahatma: Se me ocurre por su lenguaje con tendencias maniqueas, eso de los "elementos reaccionarios" es bastante típico. No se lo reprocho. Es natural. Los jóvenes automáticamente ven el cambio, las trasformaciones, las novedades, como algo bueno per se. No tienen paciencia con lo que es, con lo que enfrentan. Inmediatamente señalan con el dedo las imperfecciones, tarea fácil porque no hay sistema que no esté plagado de ellas. Lo que no comprenden es que ese modelo ideal con el cual pretenden reemplazar el mundo y sus imperfecciones estará también lleno de defectos, con el agravante que para llegar a esa nueva colección de imperfecciones habrá que pasar por la etapa de la revuelta, la lucha, la guerra civil quizás, las ejecuciones y un sin fin de males y tragedias. Y para qué...

Periodista: Usted entonces predica ahora el quietismo, la pasividad, el no hacer nada, el quedarse de brazos cruzados, la sumisión...

Mahatma: Predico el no ser iluso. Predico el no ser

impaciente. Predico el no reemplazar la realidad por abstracciones sonoras. Predico el sustituir las proclamas por los raciocinios. Eso no es ser pasivo sino cauteloso, racional. ¡Claro que se presentan situaciones que deben ser reparadas, incluso totalmente modificadas! Pero intentar hacerlo de golpe, todas a una, excitando para eso la credibilidad de las masas y peor aun, su deseo permanente de tener una razón, una causa, un pretexto que les permita legítimamente salir a evacuar sus iras, ir a abrirle la cabeza a alguien, eso es pura idiotez y no da lugar sino a lo que vimos en esos días de la partición. Por eso me culpo, joven, precisamente por eso...

Periodista: Si no entiendo mal, en la raíz de su actual visión la paz es un valor superior a cualquier ideal de justicia o libertad...

Mahatma: No sólo eso, sino es la base de la justicia y la libertad. ¿Qué justicia y libertad puede existir en un mundo donde impere la violencia? ¿De qué libertad se goza si haciendo uso de ella cualquiera puede despojarte o matarte? ¿Cuál es la justicia del que te despoja o mata porque está mejor armado o es más salvaje? La paz es real; se vive ella, con ella. Habiendo paz puede gobernar la ley, que expresa aunque sea imperfectamente la justicia, pero también es por la paz y en la paz que existe la libertad, la cual se reduce a ser sólo una palabra si te rodean amenazas. Libertad es estar libre de la brutalidad, no el estar libre para cometerla.

Periodista: Suena bien, lo sé, usted es hombre persuasivo, pero aun así me parece haber en esa mirada, perdóneme, un fuerte tinte de pasividad, de dejar que las injusticias continúen, a los privilegiados abusar, a los abusadores seguir abusando...

Mahatma: Contra cada abuso y desafuero se puede y se debe luchar, pero uno a uno, a retazos, minimizando las ferocidades que inevitablemente surgen cuando a quienes están en una posición de privilegio se les amenaza con quitárselas o disminuírselas todas y de golpe. Pero me retiré de la política precisamente porque sé que eso no es posible pues no se logra nada sencillamente haciendo un cálculo de costo-beneficio. Me he dado cuenta de que hay tanta ferocidad acumulada en el alma de todos nosotros de que, como resultado, cualquier cosa que perturbe siquiera un poco las rutinas de la vida las hacen brotar a borbotones. No quiero ser más parte de eso. Y menos envolverlas en el papel de regalo de las grandes causas. Y ahora dígame, ¿me compraría un *souvenir*? El día ha estado muy lento, por no decir como las huevas...

Mahatma Gandhi

VIII

Henry Ford

(Del progreso)

En el universo 23467726538837756 contado desde afuera hacia adentro Henry Ford será recordado siempre como el inventor y fabricante en masa de la lavadora de ropa, la cual liberó a tantas damas de ese arduo e interminable trabajo. Hizo una fortuna y se la merecía. Ford, debido a eso, llegó a constituirse en la representación misma del avance industrial del siglo XX, en ícono del progreso y el bienestar que esos adelantos materiales le trajeron y traerán a la humanidad. Millones de lavadoras fueron a dar a millones de hogares para que millones de mujeres pudieran agacharse a meter los calzoncillos cagados del esposo e hijos en una lavadora en vez de hacerlo en una artesa o en la orilla de un río. Toda una liberación.

Hecha su fortuna, Ford dejó la fábrica a cargo de subalternos y se retiró a su palacete. Nunca se sabrá qué bicho lo picó para que escribiera un ridículo libro acerca de una conspiración sionista mundial. Hoy una obra de esa guisa — e incluso en su universo — le habría costado una demanda legal y la cárcel, si no la horca, pero no era así en esos tiempos. Como otros americanos célebres de su época, Ford parece haber desarrollado ciertas simpatías por el nazismo tal como éste aparecía por entonces, movimiento renovador, legítimo y aún no asociado a los apocalípticos crímenes que vendrían desde 1934 en adelante. Era, en todo caso, un hombre que rebasaba los límites mentales y de intereses propios de un empresario o un técnico corriente. Le complacía imaginarse como un pensador, aunque fuese de calibre modesto. Por esa razón la revista *Popular Mechanics* lo entrevistó para solazarse a destajo con los conceptos que desarrollaría acerca del progreso un hombre como Ford.

Journalist: Señor Ford, un honor conocerlo y muy agradecidos, créame que hablo en nombre del personal de toda la revista, de que nos haya recibido para hablar de tópicos de actualidad, pero además, creemos, propios del futuro...

Ford: ¿Como cuáles tópicos, señor?

Journalist: El que los engloba a todos, el progreso. El progreso de la humanidad que invenciones como la suya y en general de la industria moderna ha acelerado a tasas extraordinarias...

Ford: ¿Creen ustedes que una máquina lavadora es un factor de progreso?

Journalist: Lo es como lo son los aviones, los automóviles, todo eso. Casi se me olvidaba: el teléfono.

Ford: ¿Progreso en qué?

Journalist: ¡Vamos, míster Ford, usted sabe, en todo! Por ejemplo su máquina ha liberado a millones de mujeres de modos mucho más penosos de lavarle la ropa al marido. Nos parece un gran avance.

Ford: ¿Y el automóvil también se los parece?

Journalist: Usted nos toma el pelo, don Henry, ¡qué gran sentido del humor el suyo! Es obvio que el automóvil ha liberado del problema del espacio a millones de personas, quienes pueden ahora moverse libremente a parajes que jamás habrían visitado de otro modo.

Ford: ¿Y qué encuentran en esos parajes a los que han ido en su automóvil? Se lo voy a decir: a otros que han hecho lo mismo. Huyen de la ciudad en busca de la pureza del campo y se encuentran con la ciudad en la forma de otros cientos o miles de personas haciendo lo mismo. A la pasada, arruinando el campo. Y aunque así no sea, ¿cuál es el progreso de poder fácilmente desplazarse de un punto a otro? Lo es si hablamos de actividades económicas, pero no lo es si hablamos de actividades que pretenden ser un adelanto para los individuos. No creo que a esa gente le cambie la vida y eleve su espíritu el hecho de desplazarse más fácil y rápidamente de un punto a otro del espacio... No veo progreso en tal cosa...

Journalist: ¡Pero ellos lo sienten así! ¡Están felices! No cabe duda que se les han abierto oportunidades, opciones... Ahora pueden salir de sus estrechas vidas aunque se encuentren con otros que hacen lo mismo y además en eso consiste el progreso, ¿no es así?, en el hecho no sólo que existan estos artefactos, sino además estén al alcance de toda la gente...

Ford: Sí, lo sé, es lo que llaman "avance social". La pregunta implícita es esta: ¿quién puede estar contra el hecho de que más gente acceda a tecnología y comodidades? Pero, joven, a eso yo no lo llamaría progreso. Llámelo, si lo desea, desarrollo económico. Estimo que el vocablo progreso debiera apuntar a cosas algo más elevadas que la disponibilidad de artefactos...

Journalist: ¿Podría elaborar?

Ford: Es simple. Si acaso "progreso" ha de tener sentido y sustancia debiera referirse a cómo la raza humana abandona la condición semi animal que aún despliega en todo lo que hace. ¿Cuál es la diferencia mental o espiritual entre el hombre o mujer medio de hoy y el hombre y mujer de las cavernas de hace 20 mil años? Le contesto: ninguna. Son impulsados por las mismas pasiones animales y del mismo modo, como antes y como siempre se profesan entre sí más envidias y resquemores que confianza y afecto, son engañados con la misma facilidad por el primer charlatán que se hace presente, sus capacidades de comprensión son en extremo limitadas, sus corazones siguen estando llenos de despecho y frustraciones y detestan automáticamente a quienes sienten o saben ser sus superiores, se inclinan fácilmente a la violencia y en resumidas cuentas no le aportan nada a la humanidad y en ese caso estaban los cavernícolas, como lo están los hombres y mujeres de hoy. ¿Cuál es la diferencia, entonces, entre el fulano de las cavernas y el actual? Se lo digo: que el actual tiene más medios para expresar todas esas características y hacer daño. Puede usted ahora hablar mal del vecino no sólo cuchicheando en la oreja de alguien, sino usando el teléfono... Y puede atacarlo no sólo haciendo uso de una piedra, sino de un revólver.

Journalist: Es la suya una visión muy pesimista... Es verdad mucho de lo que dice, pero aun en ese campo ha habido progresos.

Ford: ¿Cuáles? He oído por ahí decir que en nuestros tiempos ya no se ven casos de crueldad como en la antigüedad, donde se iba al Coliseo a ver pelear a muerte a los gladiadores o a que se mataran a cientos de animales, pero déjeme decirle una cosa: a la menor oportunidad usted verá reaparecer las más terribles crueldades. Y cuando ocurran serán cometidas o toleradas por millones de personas. Preveo ciudades enteras tragadas por las llamas causadas por bombas arrojadas desde el aire y matanzas en escala tal que dejarán convertida a la Gran Guerra que hemos tenido en Europa y donde participó nuestro país sólo como un episodio menor de la historia humana.

Journalist: Odio contradecir a una persona como usted, señor Ford, pero me parece imposible que tal cosa ocurra. La Gran Guerra puso fin a las guerras. Murió demasiada gente y hemos aprendido la lección...

Ford: En otra ocasión me reiría escuchando lo que acabas de decir, eso de que la humanidad aprendió la lección. ¿Sabes quién fue Hegel? ¿Estás familiarizado con su trabajo?

Journalist: Sé quien fue, estoy al tanto de eso, pero no familiarizado con su trabajo...

Ford: Me lo imaginaba. Los jóvenes de hoy leen cuando mucho novelas de amor... Hegel, en alguno de sus muchos trabajos filosóficos, dijo que "la única lección que enseña la historia es que nadie aprende las lecciones de la historia". ¿Entiende?

Journalist: Creo entender, sí...

Ford: Por consiguiente, joven, no me venga con el cuento de la lección aprendida con la Gran Guerra. Y si acaso se aprende algo, le advierto que se olvida en muy poco tiempo. Las lecciones duran tan poco como los recuerdos, los cuales a lo más duran lo que dura la vida de los que sufrieron directamente los horrores, en este caso de la guerra. El resto olvida. El resto, aun más, quiere olvidar. ¿A quién le interesa tener presentes los malos ratos? La humanidad lo olvida todo y si no fuera así no habría habido ni una sola guerra más después de la carnicería de la primera que haya habido hace 10 mil años. Por lo demás cada sucesiva generación ni siquiera olvida, porque nunca supo...

Journalist: Si no hay progreso simplemente con el desarrollo tecnológico y si la humanidad, como dice usted, sigue siendo la misma de siempre, ¿en qué fundar una esperanza de que estamos avanzando?

Ford: No tengo idea. Sé que el progreso de verdad es una elevación del espíritu, lo cual no se ve por ninguna parte, salvo en individuos aislados que lejos de ser seguidos son crucificados. Sin ese progreso de verdad lo que sucederá es que los cada vez más poderosos instrumentos que tenemos entre manos, siendo estas manos las de siempre, las del salvaje de las cavernas, nos llevarán a la destrucción. No deja de ser ilustrativo que quienes con más furor se suman a los movimientos "progresistas", como los llamarán un día, anótelo porque lo vi en un sueño, van por lo general a ser, qué ironía, las almas más rudimentarias, los cerebros más ilusos, los tontos de capirote, los más frustrados buscando modo de resarcirse pateando todos los tableros bajo el pretexto de estar edificando la ciudad de Dios aquí en la Tierra. Y lo que se erija después de la gran batahola no será dicha ciudad de Dios sino la misma de siempre, con quizás otros ocupantes en sus salas principales.

Journalist: Me va a perdonar, señor, pero a nombre de todos los jóvenes idealistas que habemos en el mundo rechazo rotundamente su pesimismo y fatalismo...

Ford: Esa frase suya, "a nombre de...", a lo cual sigue la denominación de alguna clase de colectivo, sea éste la entera humanidad, la sociedad en que se vive, el "pueblo", los trabajadores o los estudiantes o lo que sea, es un alarde propio de eso que usted llama, con otra abstracción, los jóvenes idealistas. Antes de irse, anote este recado para ellos: que se vayan a la mierda...

Henry Ford

IX

Humphrey Bogart

(De la vanidad)

Un actor o actriz de Hollywood tal vez sea la más perfecta encarnación de la vanidad porque son — o pueden ser — adorados por la sola y trivial particularidad de sus personas. Sus fans los idolatran por la manera como hablan o tuercen la boca, por la forma de su rostro, por sus gestos, por los personajes que han encarnado, por el tamaño de su culo, la prominencia de sus mamas, su altura o su expresión, esto es, por lo singular y único e insignificante asociado a tal o cual individuo y a nadie más. Siendo la vanidad el regocijarse con uno mismo creyendo importante y relevante un rasgo cualquiera que se posee, ¡cuánto más vanidoso no llegará a ser entonces quien recibe halagos por esas particularidades! De eso se desprende por necesidad lógica lo ya dicho; nadie puede ser más vanidoso que un actor o actriz de Hollywood.

Humphrey Bogart fue una excepción. Era actor y se convirtió en ídolo, pero en este caso el ídolo solía bajarse del pedestal al que otros lo subían y a la pasada se mofaba de los feligreses. "Nunca se tomaba en serio como persona" dijo John Huston en la oración fúnebre de Bogart, fallecido en 1957. Quizás baste ver una de sus películas y escrutar su mirada llena de inteligencia — y un dejo de tristeza — para comprender por qué no podía dejarse hipnotizar por las adulaciones de la prensa, los críticos o los asistentes al cine. ¿Quién mejor que él, entonces, todo el tiempo tan cerca de los vanidosos pero tan ajeno a la vanidad, para hablar de ella?

Y de ella habló en cierta ocasión. Fue la noche cuando recibió el Oscar por su actuación en *La Reina Africana*. Le habló de eso a un chico que recién se iniciaba en el periodismo para el *Santa Barbara News-Press*. El editor de ese medio le dijo — en broma — que ganaría definitivamente un lugar en el periódico si conseguía hablar con Bogart. Y el muchacho lo logró. Nunca se supo cómo. Lo cierto es que pudo filtrarse al camerino donde Bogart se maquillaba y vestía, ya en el teatro, para dirigirse a su sitio en la platea y llegado el caso subir al escenario correctamente presentado. A Bogart el joven intruso le hizo gracia por su impertinencia y por eso lo dejó entrar. Torpe, confuso y nervioso, se le caía el lápiz y el bloc de notas a cada momento, tal era el temblor de sus manos. Hizo además cierto estropicio al instalar la pesada grabadora que tampoco nunca se supo cómo consiguió. Bogart lo dejó hacer. Sin dejar de mirarse al espejo, porque se estaba maquillando, contestó las preguntas del joven intruso.

El joven impertinente: Señor Bogart, está usted entre los nominados para recibir el Oscar al mejor actor... De seguro lo va a recibir, eso dicen... ¿Cómo se siente?

Bogart: Me siento con acidez. Ayer se me pasó la mano con el bourbon...

El joven impertinente: Ah, lo lamento, pero me refiero a esta noche... quizás usted gane el Oscar. Seguro lo gana. ¿No lo pone nervioso? ¿Cómo se siente por eso?

Bogart: Por eso no siento mucho. ¿Cómo se supone me debo sentir? "Nervioso" me dice usted. Nervioso me sentí la primera vez que vi a Lauren Bacall, hoy mi esposa... ¡Qué hipnótica belleza, qué actitud la suya! Me enamoré en un instante y no sabía qué iba a pasar. Eso me puso nervioso. ¿Esta noche? Esta noche es en cambio previsible: o recibo un premio o no lo recibo. La cosa es clara, no hay espacio para los nervios a los que inspira la inquietud, el no saber. Yo ya sé todo: lo gano o no lo gano. No hay otras opciones.

El joven impertinente: Pero aun así, don Humphrey, el Oscar es cosa tan importante...

Bogart: ¿Por qué?

El joven impertinente: Es el premio más codiciado de la industria del Cine y por eso significa mucho para todos, es un reconocimiento de su calidad como actor. Todos los que lo ganan se sienten orgullosos.

Bogart: De la posible condición de nervioso me adjudica usted ahora la probable de orgulloso. ¿Sabe cuál es, quién es el hermano de leche del orgullo? Se lo digo: la vanidad. Le explico: uno siente orgullo de tal o cual atributo porque se considera unido, como persona, a ese atributo, al cual considera de gran valor aunque casi siempre no lo es. El orgullo, entonces, supone creer que un elemento posiblemente insignificante de su persona no sólo se identifica con usted, sino ES usted y además tiene enorme valor... Lo veo todos los días en mi línea de negocios. Resulta que alguien nació con la cara bonita y eso, vano como es, transitorio y sin importancia y en todo caso de ningún mérito de la agraciada, se convierte en el TODO de esa persona y se pavonea con ella porque le permite hacer películas.

El joven impertinente: No lo entiendo bien, perdone señor Bogart...

Bogart: ¿Ha oído a gente diciendo cosas tales como "me siento orgulloso de ser descendiente de las familias que desembarcaron en América en el siglo XVII? ¿O a alguien diciendo "soy descendiente de polaco y a mucho orgullo? ¿O proclamando "me siento orgulloso" de ser anglo sajón puro"?

El joven impertinente: Sí, he oído esas frases...

Bogart: Bueno, ahí lo tiene. ¿Me puede decir porqué alguien debiera sentirse orgulloso por ser tataranieto de un tipo que desembarcó en América en tal fecha en vez de en otra? Si acaso eso fue un mérito, que no lo es, ¿de qué manera podría trasmitirse al tataranieto?

El joven impertinente: Tiene razón en eso, pero si se trata de talento, por ejemplo el suyo, el talento para actuar, ¿por qué sería vanidad sentirse orgulloso de eso?

Bogart: ¿Y qué hice yo para tener ese talento? Nada. ¿Y qué importancia tiene ese talento? Ninguna. No hice más de lo que hice para tener la cara que tengo, el porte que tengo, lo que sea que tenga. No hice otra cosa que molestarme en nacer. En la vida te pasan cosas, se te ofrecen oportunidades, a veces tienes suerte, le aciertas a algo, ocurre que le gustas a cierto público, te ensalzan otros, te adulan los demás y de todo eso yo no tengo ningún mérito, ninguno del cual pueda decir "me siento orgulloso de ser Humphrey Bogart". Sé que ser buen actor es intrascendente y carente de méritos y por lo tanto intrascendente es también el Oscar que quizás me otorguen por esa insignificancia.

El joven impertinente: ¿No hay nada entonces de lo que usted o nadie pueda enorgullecerse? ¿Todo es vanidad?

Bogart: Casi todo. No lo digo yo, lea el Eclesiastés. Es uno de los libros de la Biblia. Muy interesante. ¿De qué podría enorgullecerme? Supongo que de las cosas decentes que he hecho, pero ni de esas puedo hacerlo porque sencillamente cuando haces algo decente no haces sino lo que se debe. Y cuando sientes que haces lo que simplemente debes hacer, ¿de qué entonces sentirse orgulloso?

El joven impertinente: ¿Y cómo anda por la vida sin esos estímulos, señor Bogart? ¿Qué piensa de sí mismo si nada vale nada?

Bogart: Ando perfectamente por la vida. Bebo y fumo lo que quiero. Me gusta jugar ajedrez y lo hago. Tengo amigos queridos. Leo los libros que me interesan. Me divierte hacer películas. Gano dinero y vivo bien. Tengo una esposa inteligente, preciosa y de una personalidad extraordinaria. Tengo hijos que me aman. ¿Para qué necesitaría además tener la vanidad de ser "Bogart", el actor?

El joven impertinente: ¿Cree que la vanidad es entonces una especie de enfermedad?

Bogart: Creo más bien que es una estupidez. Resulta de no hacer un juicio correcto de lo que importa y es valioso. Es una muestra de ceguera. Y es la fórmula infalible para la infelicidad porque nada más vano que lo vano, más huidizo e insatisfactorio. Y nada más poderoso y eficaz para llevarte a la paz que despreciar esas cosas... Y ahora, si me permites, debo pedir que te vayas. ¿Oíste ese timbre? Tengo que ir a la platea...

Humphrey Bogart

X

Donald J. Trump

(De la auto complacencia)

El material ofrecido aquí es inédito. Nunca se supo de él porque su fuente es un programa de radio grabado pero nunca emitido. La conocida emisora norteamericana Coast to Coast, que lo produjo, debió aniquilarlo casi en el acto por causas que ya se verán. El desafortunado incidente ocurrió una noche en la que, en vez de difundir sus habituales temas paranormales y esotéricos en directo, prefirieron hacer un programa entrevista con el presidente Trump. Una oportuna dosis de cautela los decidió a grabar en vez de trasmitir en vivo, pero luego se cometió un serio error: se puso el micrófono en las manos de un periodista que se había pasado de copas. Siendo de buena cabeza, no se notó su estado etílico.

Trump estaba por esos días en campaña para favorecer a candidatos republicanos en unas elecciones a celebrarse en Texas y sintiéndose a gusto y cómodo en dicha zona, tan repleta de partidarios, supuso con no poca razón que en esa emisora recibiría un tratamiento VIP, incluso obsecuente y hasta claudicante. Es sabido que Coast to Coast es muy popular entre bandas de motociclistas, habitués de salones de baile con música country, conductores de camiones y *rednecks* de todas las variedades, la más segura y fiel clientela de Trump. Por todo eso el mandatario esperaba las preguntas con las que sabe desplegar sus poderes de convicción. Y en efecto, todo iba perfectamente bien siguiendo ese libreto hasta el momento cuando dicho periodista, con la audacia que confiere el alcohol, decidió entrar en materias engorrosas. La transcripción que sigue se centra en esa fase de la entrevista, grabación puesta en nuestras manos por una fuente que no identificaremos.

Periodista: ...si me lo permite, señor Presidente, quisiera entrar ahora en un terreno algo más personal que siempre ha llamado mi atención y quizás también la de muchos de nuestros auditores...

Trump: Adelante, pregunte lo que desee...

Periodista: Gracias señor Presidente. Lo que llama mi atención siempre cuando lo veo y oigo, ya sea esté usted en una tribuna o en una conferencia de prensa, es la facilidad y la frecuencia con que aparece complacido de sí mismo...

Trump: ¿Perdón?

Periodista: O sea, señor Presidente, auto complacido, lo cual significa entregado a la auto complacencia, lo cual significa estar contento consigo mismo sin normalmente haber hecho algo para merecerlo, contento consigo mismo a priori, como postura inicial, casi ufano sólo por ser y estar...

Trump: ¿Qué quiere decir con eso? ¿Me está acusando de algo?

Periodista: No lo acuso de nada, sólo quiero decir lo que estoy diciendo. Déjeme explicarle: en su tono de voz, en sus palabras, en sus gestos, en su sonrisa, en sus referencias para consigo mismo, en todo aparece usted repleto a rebozar de excesiva auto estima como si acabara de inventar la rueda... qué quiere que le diga, eso lo encuentro un poco tonto... Verlo satisfecho aunque no haya nada porqué estarlo, verlo rebozando vanidad antes de abrir el hocico, borracho con usted mismo y siempre dado a adjudicarse el mérito real o supuesto de dichos hechos y dichos... todo eso es bien peculiar señor Presidente...

Trump (se percibe un tono de fuerte irritación)**:** ¡Ah, ahora entiendo el leve aroma a whisky que sentí apenas entré a esta sala de grabación! ¡El borracho es usted! ¡Borracho y demócrata! ¡Sin duda desea ahora agregar otra fake news a las muchas que los izquierdistas disfrazados de demócratas han dicho sobre mí!

Periodista: No señor presidente, la verdad no soy partidario de ningún partido político ni me sumo a ninguna campaña izquierdista ni tampoco estoy tan ebrio... aunque no me lo crea voté por usted y por eso mismo me atrevo a plantearle este tema...

Trump (se percibe un esfuerzo por controlarse): No se nota mucho que votó por mí. Ni siquiera se ha molestado en poner ejemplos de mi presunta auto complacencia o el porqué usted interpreta de ese modo la satisfacción natural que uno tiene cuando se ha cumplido una tarea. ¡Porque he cumplido muchas tareas! Pero usted viene y lo convierte en algo criticable, en eso que llama auto complacencia. ¿Acaso no ha visto las cifras de la economía? ¿Eso es auto complacencia mía? ¿Vio cómo hice con Kim lo que nadie antes hizo? ¿Y de qué manera encaro el tema del déficit con los chinos? ¿Sólo tendría derecho y sería bien visto si dijera estar fracasando?

Periodista: Aún no se sabe si tendrá éxito en algo porque me da la impresión que el Kim Jong-Un de Corea del Norte se lo está pichuleando... Si, señor Presidente, ya tiene los pantalones a medio bajar y no se ha dado cuenta así que no entiendo ese tono de satisfacción consigo mismo, esa sonrisa que usted saca como diciendo "¡qué gran tipo soy!" Parece que se ama en exceso, que se mira con admiración, que se imagina super humano...

Trump (ya furioso): ¡¡Usted es un insolente de mierda!!

Periodista: Sólo digo la verdad. La auto complacencia es un defecto muy grave, señor Presidente, pero además muy feo. Ni en usted ni en nadie hay tantos méritos como para justificar dicha adoración por sí mismo. Al hacerlo se convierte en una caricatura de adolescente al borde del ridículo y da señal de que no tiene juicio para examinar sus propios actos y ver cómo, al igual que en todo el mundo, están rebosantes de torpe amor propio...

Trump: ¡¡¡Esta conversación ha terminado!!!

Periodista: ...lamento que se lo tome así porque quería decirle que la auto complacencia denota una fea y tonta adhesión a uno mismo, cosa que ninguna persona inteligente hace porque en verdad le digo que todos somos criaturas tan miserables que el sentimiento que debiera dominarnos es el de la vergüenza y además...

(En ese momento alguien entró a la sala de locución y le arrebató el micrófono. Tal vez hayan sido funcionarios del Servicio Secreto. Se alcanzan a oír obscenidades e insultos que omitiremos porque este es un libro decente.)

XI

San Pablo

(Del fanatismo)

En nuestro mundo, San Pablo — auténtico creador del cristianismo — está muerto desde hace unos dos mil años. Existen, sin embargo, infinitos universos en los que nunca llegó a nacer. Los hay en los cuales jamás abandonó su judaísmo. En otros hubo San Pablos que perdieron toda Fe y se convirtieron al ateísmo. Puede usted hallar incontables variedades de Pablos en otras tantas dimensiones paralelas: cobradores de impuestos, regentes de prostíbulos, legionarios, funcionarios del emperador, granjeros, timadores, ladrones de camino, escribas e incluso en un universo bastante parecido al nuestro Pablo terminó sus días como body guard de un rock star negro. Todos esos no nos conciernen. El Pablo que nos interesa es uno a quien le tocó vivir en un mundo donde Jesús fue condenado y crucificado en las redes sociales y la prensa.

Este Pablo de nuestro interés fue por largo tiempo simplemente el mediocre editor de un diario local con mucha vocación por brindarle a la chusma su ración diaria pan y circo a costa de terceros. Debido a su condición de genuflexo y oportunista, las autoridades de turno llegaron a considerarlo el hombre ideal para encargarle las tareas más sucias. En este caso querían liquidar a un Jesús que en ese mundo no predicaba lo mismo que el de nuestro universo y en verdad no predicaba nada. Se limitaba a señalar con el dedo las iniquidades de los gobernantes. Eso es mucho peor que ser profeta, quien siempre puede ser caracterizado como un demente, pero quien desparrama luz sobre las oscuridades en las que nunca deja de estar presente la mano del poderoso, el privilegiado y el canalla termina siendo muy peligroso o al menos muy molesto.

Este Jesús era especialmente duro con los hipócritas, esto es, con la clase de gente que oculta sus crímenes tras una máscara de respetabilidad e inocencia. El hipócrita es peor que el malo, quien abiertamente se muestra como tal. Amén de malo, el hipócrita suma la simulación y la mentira al engaño y la impostura.

Esto irritó enormemente a los fatuos paladines del poder y el privilegio, a todos los mentirosos y oportunistas que en esos años posaban de servidores de su comunidad aunque su verdadera catadura era la de ser mercaderes del vicio, odiadores a tiempo completo de la decencia, proxenetas y prostitutas del dinero y el privilegio. Este Jesús lenguaraz y sin miedo no sólo molestó a esa gente sino también a los necios y necias, a los resentidos y resentidas, a los pencas de todos los sexos y "sensibilidades". Grandes y pesadas nubes de tormenta se fueron entonces acumulando sobre la cabeza de dicho fulano. Finalmente se decidió que era preciso reventarlo y Pablo aceptó la tarea y haciendo uso de sus meretrices lo acusó de toda laya de crímenes.

El encargo se cumplió a plenitud y a este Jesús lo colgaron en la plaza pública, lo vejaron, lo pisotearon, lo destruyeron, lo sepultaron y lo dieron por muerto para siempre jamás. ¿Qué sucedió después? En nuestro mundo a Pablo, camino a Damasco, alguien lo tomó del cabello arrancándolo del lomo de su cabalgadura y una voz tonante proveniente de los altos cielos le dijo "Pablo, Pablo, ¿por qué me persigues?". En este otro mundo Pablo salió un fin de semana a hacer "vida al aire libre" y/o *fitness* en su bicicleta pero se cayó y se sacó la chucha y una voz proveniente de la vereda le dijo "Guarda, huevón..." Se nos dice que fue en ese momento cuando Pablo se dio cuenta con enorme vergüenza y remordimiento de la chanchada que había cometido. Inescrutables son los caminos del Señor.

Pablo es hoy un hombre retirado y fue en esa condición que aceptó ser entrevistado por el presbítero Valenzuela, quien colabora en un respetable medio religioso mexicano, Desde la Fe.

Presbítero Valenzuela: Que gusto y honor conversar con

usted, tan milagrosamente convertido...

Pablo: ¿Convertido? No me convertí a nada, sencillamente me jubilé. Me convertí de trabajador en ocioso. ¿Cuál es el milagro de eso?

Presbítero Valenzuela: ...pero hubo una voz que lo instó a no perseguir más a quien perseguía...

Pablo: Esas son versiones antojadizas. Cuando me accidenté ya no perseguía a nadie. Siempre me he limitado a cumplir con mi trabajo, forrarme los bolsillos y servir a mi sensibilidad política, es todo.

Presbítero Valenzuela: Con o sin voz al menos se produjo el milagro que dejó de perseguir ferozmente a Jesús.

Pablo: Ya no era necesario seguir persiguiéndolo, ya lo habíamos cagado. Ahí se acabó la pega y a otra cosa mariposa. Luego de eso no me convertí a ningún credo sino más bien me di cuenta cuán falto de peso y sustancia era el que profesaba. Ahora estoy retirado y no me interesa ninguna cosa. Dicho sea de paso no sólo abandoné ese credo sino me he vuelto algo escéptico respecto a todos los Credos. Demasiados imbéciles andan profesando por ahí su fe en esto y en lo otro... Para qué hablar de los oportunistas, que son legión.

Presbítero Valenzuela: ...aun así a nuestros lectores les interesa su historia, aunque para serle franco mi interés va para otro lado, al lapso previo cuando usted era un implacable perseguidor de los enemigos reales o supuestos de su credo.

Pablo: Supongo que en mi actual condición, jubilado, viejo y sin nada que esperar y sin que me importe ninguna cosa puedo tranquilamente confesar o reconocer que nunca he sido un hombre de demasiadas luces sino un tipo del montón, aunque con ciertas ínfulas. Le sugiero leer *El Hombre Mediocre* de José Ingenieros, buena lectura, muy instructiva. Con los años la vida me puso en mi lugar. He tenido mucho tiempo para pensar y llegar a conclusiones que seguramente un tipo más listo hubiera alcanzado mucho antes. En fin, lo que importa es el resultado...

Presbítero Valenzuela: ¿y cuál es?

Pablo: Sé ahora qué es, cuál es la naturaleza del fanatismo y de la vanidad y arrogancia que se le asocian. Yo era un fanático sin saberlo y esa es precisamente una de las cosas que descubrí, a saber, que el auténtico fanático no se da cuenta que lo es porque sus ideas le parecen tan indudables que no siente estar en una postura extrema. Cuando algo se considera tan absoluto en su verdad y evidencia como lo es la caída de los cuerpos, entonces, señor presbítero, se toma como cosa natural y no se hacen aspavientos y a la pasada se está dispuesto a cualquier canallada para favorecer o defender esa doctrina de la que se es fanático sin saberlo. Usted no se percibe como fanático, sino como una persona normal que tiene la suerte de conocer la verdad y se asombra que otros no la vean. Las emociones sólo aparecen cuando esos otros no sólo no ven, sino además se oponen a esas ideas. En ese momento la tranquilidad de ánimo del creyente absoluto, quien vive en paz justamente porque no tiene ni una sola duda, se convierte en intranquilidad e indignación por las dudas ajenas y luego en furia absoluta, quizás hasta en ira asesina. ¿Cómo es que alguien, se pregunta, puede estar en contra de lo tan evidentemente verdadero?

Presbítero Valenzuela: Interesante lo que dice. No se me habría ocurrido.

Pablo: No se preocupe, me tomó años darme cuenta. Lo que sí todo el mundo capta desde un principio es que cuando una doctrina está en boga y en especial si se hace del poder, los más crueles e implacables perseguidores del prójimo son sus intelectuales, sus portavoces, sus "comunicadores" y sus activistas. Los dogmas, en una persona corriente, se manifiestan a medias, tibiamente, son siempre incoherentes y por lo mismo poco exigentes. Dejan espacio a la tolerancia de la distracción o de la inconsecuencia, pero tolerancia a fin de cuentas. El fanático coherente ni se da cuenta que lo es ni tiene límites para su crueldad.

Presbítero Valenzuela: ¡Totalmente cierto! Y esos intelectuales y fanáticos, ¿cómo es que llegaron a eso?

Pablo: Ser eso que el público llama un "intelectual" no

equivale a ser inteligente. Es una distinción que muchos suelen pasar por alto. A menudo es lo opuesto. Ser inteligente significa ser capaz de ver las cosas como son y cambiar ideas y juicios si dicha realidad cambia; el inteligente mira mucho más el mundo como es que a los textos donde otros le dicen cómo es. Más aun, precisamente porque no necesariamente es inteligente, el llamado intelectual resulta hipnotizado por el primer profeta que logró llegar a entender, aunque normalmente lo hace a medias, digiriendo sólo sus simplificaciones para el vulgo, su colección de consignas. Desde ese mismo momento y cuando cree ver la luz queda aprisionado en la más total oscuridad mental. Encerrado en esa doctrina, carece de capacidad para liberarse de ella porque no posee el vigor intelectual suficiente para examinar los conceptos en los que cree. Y curiosamente es a partir de entonces, cuando su mente se ha cerrado del todo, que se gana el calificativo de intelectual. Y se lo gana porque recita de corrido en función de ese sistema del que es prisionero. En otras palabras, mire qué irónico, se gana el calificativo de intelectual porque no es inteligente. Por la misma razón se convierte en persona cruel: ideas convertidas en dogmas inspiran actos convertidos en crímenes...

Presbítero Valenzuela: Y sin embargo, ¿qué movimiento eventualmente progresivo podría siquiera iniciarse y menos aun salir victorioso sin el empuje de gente así? ¿Del fanatismo?

Pablo: Probablemente ninguno. Esa es la principal tragedia de la historia humana tal como yo la veo. Nada se hace sin el auxilio desbocado de la pasión, normalmente malas pasiones, de la violencia, los odios, deseos de venganza, de pasar cuentas, de encaramarse al privilegio. Es en medio de la batahola de esos violentos empellones provenientes de todos lados que el carro se mueve, aunque a menudo a ninguna parte o a una pésima destinación. Ni siquiera podemos saber cómo hubiera sucedido todo de primar otro impulso...

San Pablo

XII

Herman Hesse

(Del júbilo)

¿Quién, si es miembro de las generaciones nacidas alrededor de los años 50, algo antes o algo después, no ha oído hablar de Herman Hesse? Era lectura obligada de adolescentes con aspiraciones a las más elevadas emociones y sentimientos porque Hesse proveía dicha mercancía abundantemente y con estilo. Un chico inteligente dado a reflexiones solitarias y a lo sublime de seguro ya a los 15 años había por lo menos leído *Siddartha*. A mediados de los 50, cuando esos adolescentes recién nacían o gateaban, los libros de Hesse se vendían muy poco porque otros temas interesaban al público lector, pero luego de su muerte su obra se hizo popular una vez más y se editó en grandes cantidades. Así es como llegó a las manos de la generación de los *baby boomers*.

Antes de que eso ocurriera, esto es, durante su etapa de

relativo olvido, el diario alemán *Frankfurter Rundschau* le hizo una entrevista para ser publicada en su edición dominical. Sucedió así: cierto día viernes el *Frankfurter Rundschau* se encontró encarando el peor problema para un medio de prensa: en el último minuto retiraron un aviso y quedó un espacio en blanco. Fue cuando un miembro del equipo de redacción se acordó de Hesse. Alguien le había dicho que se hospedaba en casa de unos amigos, en una localidad muy cercana. Propuso entonces su nombre y se aceptó su propuesta por no haber otro remedio. A nadie le importaba Hesse, pero era preferible a nada. "Espero que sepa algo de dicho fulano" comentó el director. El interpelado contestó que sí; había leído *El Lobo Estepario* y se acordaba bastante bien de algunas de sus partes. "Basta con eso" repuso el director, "vaya y saque de él lo más interesante que encuentre".

Y así fue como por un momento Hesse, quien moriría sin ver el renacimiento de su obra, fue casi rescatado del olvido. Sólo casi.

Periodista: Gracias por recibirme, señor Hesse, todo un honor. A los 15 ó 16 años leí uno de sus libros y desde entonces he admirado mucho su trabajo...

Hesse: Usted es entonces de los pocos que lo admiran. Hoy, precisamente hoy, mi editor me llamó para contarme en un tono de gran desconsuelo lo mal que están las ventas de mis libros...

Periodista: Son cosas de la vida, don Herman, usted sabe cómo es el publico, siempre tras la novedad...

Hesse: Sí, seguramente... Y usted, señor, ¿por qué aún se interesa en mí y quiso hacerme esta entrevista?

Periodista: Soy de los que cree en el valor permanente de lo de gran calidad. Algunos olvidan que usted ganó el Premio Nobel de literatura y otras muchas distinciones de primer nivel...

Hesse: Incluso yo me he olvidado de eso... A fin de cuentas un premio significa muy poco. Significa que en cierto momento del tiempo y en algún lugar del espacio unos caballeros haciendo de jurado para determinar premios por encargo de tal o cual organización gustan de tu trabajo y/o consideran que por alguna razón eres el autor "debido" al cual hay que premiar en ese momento. Todo eso no cambia ni una coma de lo que has escrito... Y en seguida, por obra y gracia de ese premio, te celebran y respetan gentes que nunca te han leído y jamás te leerán...

Periodista: ¡Cuán cierto lo que dice! Pero, con todo, tuvo usted muchos lectores, los tiene aun ahora y de seguro los tendrá más en el futuro...

Hesse: Puede ser respecto al futuro y lo fue respecto al pasado, pero no en el presente...

Periodista: ¿No lo contenta saber, imaginar que volverá a ser leído profusamente?

Hesse: ¿Contentarme? ¿ A qué se refiere? ¿A sentirme animado, entusiasmado?

Periodista: ...al menos reconocido...

Hesse: Eso del reconocimiento es una superstición. Lo que el lector "reconoce" no es el mérito intrínseco de una obra ni menos al autor, sino aquella parte de dicha obra que resuena en SU alma, en sus pensamientos. Se reconoce a sí mismo...

Periodista: ¿Eso no le basta?

Hesse: Nunca me ha bastado el mero contentamiento, el cual es simplemente la sensación egoísta que te domina cuando el mundo, las cosas o incluso el resto de la gente se ponen en sintonía con tus deseos, en este caso con el deseo de ser admirado, el amor a sí mismo.

Periodista: Si no es contentamiento, digamos que satisfacción. Y si no, ¿qué es entonces lo que busca?

Hesse: Déjame preguntarte yo ahora de mis obras, ¿cuáles leíste?

Periodista: Para serle franco, he leído una sola, *El Lobo Estepario*

Hesse: Estupendo. Precisamente con ella quería explicarte mi postura. ¿Recuerdas la última parte del libro cuando Harri va a un teatro y se encuentra y conversa con Mozart?

Periodista: La recuerdo bien y en verdad nunca la entendí...

Hesse: Ahí está mi concepción de lo que sí vale. En una palabra, el júbilo.

Periodista: ¿Júbilo? Usted dijo que eso no le interesaba...

Hesse: Dije que no me interesaba la alegría o satisfacción que sobreviene cuando las cosas te están saliendo bien, pero el júbilo es cosa muy distinta. El júbilo no es personal. No resulta de algo bueno que te ha sucedido a ti. El júbilo es el estado de ánimo que te posee cuando estás frente a la belleza, a lo sublime, al espectáculo de esas cosas aun si su existencia no te atañe, no te beneficia ni acaricia tu ego haciéndolo sentir mejor y más importante. En el júbilo tu ego, lejos de ser exaltado, desaparece; es más, la condición de existencia del júbilo es la inexistencia, al menos durante ese momento, de tu ego. O dicho de otro modo, el júbilo es la alegría del espíritu consigo mismo, pero, siendo dicho espíritu impersonal, no hay un ego involucrado. Tu existes como espíritu y te ves como tal sólo si ya no te ves ni existes como "persona".

Periodista: ¿Y eso es lo que en el libro hace reír a Mozart?

Hesse: Sí, porque, ¿sabes?, el espíritu no es grave sino leve, no es pesado sino ligero, no es opaco y triste sino alado y alegre. El espíritu, por serlo, está lleno de risa.

Periodista: ¿De qué ríe? ¿De sí mismo? ¿De los demás'?

Hesse: El espíritu no se ríe de algo, sino ríe como expresión de la felicidad de ser espíritu y ver el espíritu por doquier. De hecho no es una "expresión", sino un estado del ser. Cuando ves a tu hijo, en su hermosura e inocencia, jugando en la playa con un castillo de arena, no me cabe dude que te sonríes, incluso ríes. ¿Te ríes del niño? ¿Te ríes de su ingenuidad? ¿De qué cree poder mantener para siempre ese castillo de arena? No. Ríes viéndolo empapado, sumergido en el espíritu, que es belleza e inocencia, ríes por la poca importancia de que el castillo vaya a desmoronarse y ríes por la manera como se entrelazan las cosas y en ninguna de esas risas tuyas estás tú presente, el periodista, el hombre con la ambición de ser conocido o ser rico... ¿Acierto en eso? ¿Lo entiendes? Pues bien, de eso reía Mozart...

Periodista: Creo entenderlo...

Hesse: Me alegro... en este caso viene a cuento decir que me alegro.

Periodista: Permítanme volver al tema de la alegría común y corriente que dice usted es el ánimo que se siente cuando las cosas van bien para uno... ¿Cómo evalúa ese estado de ánimo?

Hesse: La alegría que nace de esa afortunada conjunción entre lo que tú querías y lo que el mundo te ofreció es de suyo pasajera, más aun, no sólo dura poco sino ella misma siembra las semillas de una infelicidad mucho más intensa y duradera. La razón es que dicha conjunción está condenada a desaparecer tal como una particular configuración de nubes en la que te ha parecido ver un rostro en el acto se desvanece por obra de las mismas fuerzas que la formaron. Y la ausencia dura más que la presencia. Es cosa de matemáticas. La conjunción feliz es sólo una configuración entre miles, de lo cual se deduce que un estado de des-armonía es siempre más probable en cualquiera de sus formas que el de armonía entre lo que quieres y obtienes.

Periodista: Entiendo...

Hesse: Si me permites una paradoja, el luchar por obtener esas configuraciones felices es la raíz misma de la infelicidad: es muy probable nunca obtenerlas y si las obtienes es seguro perderlas de inmediato...

Periodista: Y entonces, ¿qué nos queda? ¿Qué debemos hacer? O dicho de otro modo, ¿cómo llegar a ese júbilo?

Hesse: Al júbilo "no se llega" amigo mío... No hay un modo de luchar o bregar por adquirir ese estado. He sabido de un libro escrito por un filósofo y matemático llamado *La*

Conquista de la Felicidad.

Periodista: ¡Ah sí, de Bertrand Russell...

Hesse: Pues bien, es erróneo de punta a cabo. Pareciera que, como lo harán algún día incontables libros que en mis sueños he visto que llamarán de "auto ayuda", se basa en la premisa de que hay un recetario para conseguir la felicidad...

Periodista: Y sin embargo, si no recuerdo mal, muy respetables y famosos filósofos griegos y romanos tocaron estos puntos y en cierto modo dieron recetas. Recuerdo a Epícteto, a Marco Aurelio...

Hesse: Sí, en cierto modo ofrecieron un recetario, pero no importa cómo lo titules, no eran recetarios para ganar la felicidad sino para evitar la infelicidad... Epícteto habla principalmente de lo que NO debe hacerse para evitar ganarse una dosis de infelicidad, como, por ejemplo, poner esperanzas, deseos o expectativas en lo que no se controla. Siguiendo los principios de los epicúreos, de los estoicos y otras escuelas, es eso lo que se logra, evitarse muchas penas, lo cual sólo muy relativa y discretamente puede igualarse a obtener la felicidad...

Periodista: ¿Entonces cuál es la solución?

Hesse: Si llamas solución a un estado permanente de cosas que resuelva de una vez por todas las tragedias, horrores, desastres, pesares y desilusiones de la vida, no la hay. Es más, el estado de júbilo, transitorio y escaso como es, existe y resulta y es posible por no existir una solución permanente. Es contra ese fondo de dolor que, ocasionalmente, olvidándote de ti mismo como singularidad, contemplando desapasionadamente la belleza y armonía del mundo, estarás durante esos momentos fugitivos en estado de júbilo. Y esos momentos valen por toda la vida...

El periodista puso allí fin a la entrevista. Pese a que se habló de júbilo salió con el ánimo bastante bajoneado. Por esa razón y antes de volver al diario a escribir el artículo se metió a un bar para reponerse, pero bebió en exceso, se le pasó la hora, no llegó a tiempo para el despacho, fue despedido al otro día y su nota sobre Hesse fue a dar a un cajón de su mesa de trabajo, donde sería encontrada años después por quien la puso en mis manos.

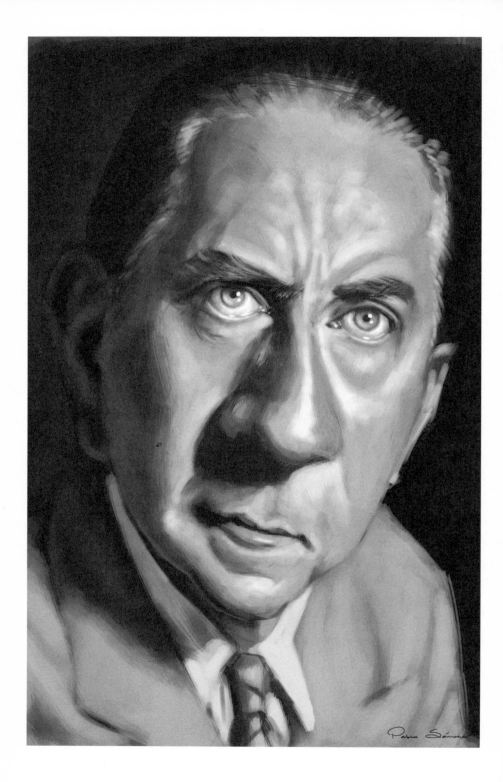

Jean Paul Getty, el Gran Tacaño

(De la codicia y la avaricia)

El récord mundial de la tacañería y la avaricia, el máximo exponente de todos los tiempos y regiones del planeta de dichas virtudes tan populares y con casi infinitos candidatos al galardón, sin duda está en las manos de Jean Paul Getty, uno de los hombres más ricos de su época. Es una coincidencia nada de inusual sino al contrario, bastante frecuente; la abundancia de dinero no facilita su gasto y los actos generosos sino, al contrario, promueve la mezquindad por razones que tal vez hayan sido explicadas mejor que nadie por Anatole France a través de uno de sus personajes, el señor Bergeret, a quien hizo aseverar que aun la más modesta moneda o el billete más miserable es difícil de gastar si acaso forma parte de una gran fortuna, pues entonces dicho gasto le hace daño a una entidad majestuosa. Sacarle un ladrillo al Taj Mahal no es lo mismo que quitarle una piedra a una humilde pirca.

¿Quién era Getty? He aquí un resumen: fundó la Getty Oil Company, se hizo rico durante la Gran Depresión, tuvo intereses en más de 200 empresas y llegó a tener, al morir en 1976, una fortuna de dos mil millones de dólares de esa época. Pese a eso — o por eso — era tan tacaño que en su casa tenía un teléfono de pago para no gastar en uno de arriendo permanente y aun más, cuando uno de sus nietos fue secuestrado se negó de plano a pagar el rescate de 17 millones de dólares que se le exigía; sólo cuando los secuestradores le enviaron una oreja se dignó a regatear y finalmente pagarles 2,2 millones.

Esa es la avaricia, la cual suele andar junta con la codicia; la última lleva a desear más y más dinero, pero al lograrse tal objetivo y en la misma medida que crece la fortuna comienza a operar la "lógica Bergeret" y entonces se desea gastar menos y menos. Así es, damas y caballeros: mientras mayor la riqueza más duele herirla extrayendo aunque sólo sea una fracción infinitesimal de su sagrado cuerpo. Hay en esto, quizás, no tanto un temor patológico de que luego de sacarse el primer billete se producirá un acelerado desmoronamiento del dique financiero, una avalancha que nos regresará a la pobreza inicial, sino una emoción de gran respeto ante la sublimidad de lo que se tiene y la sensación de que, por lo mismo, no debe tocarse ni un centímetro cuadrado de tan augusta construcción.

Si la avaricia es conservadora, la codicia es agresiva. Por obtener más, para obtener más, para juntar más es preciso dar pasos adicionales, iniciar nuevas actividades, mejorar las que ya se practican o en cualquier caso ponerse en acción. La codicia incita un ánimo incapaz del reposo y en eso radica su lado bueno, su cara "A". No hay otra razón para que los seres humanos salgan de su natural inercia que el estímulo de la necesidad por un lado y la codicia por el otro, a veces ambos al mismo tiempo. Rara vez se actúa por solidaridad o fraternidad. Quienes hacen tal cosa son tan pocos que merecen el calificativo de santos y se les pone en un pedestal. Hay que reconocer lo siguiente: sin esos fulanos y fulanas carcomidos por la codicia y llevados por ese impulso o pasión a internarse en lugares inhóspitos, sacrificar todas las horas de su vida por un negocio, correr peligros, vivir en la inquietud, arriesgar sus bienes y a veces hasta encarar la muerte por acumular más riqueza seguiríamos pataleando en medio de la jungla y pernoctando en cavernas y sin emprender otro esfuerzo que el necesario para recoger los frutos del suelo. Tanto es así que hubo una vez, en Chile, un conocido caballero del mundo de los negocios y creo también de la política que por un tiempo se obstinó en predicar el credo de la Codicia, cosa a mi juicio innecesaria dada la enorme acogida que esa pasión tiene entre todos los ciudadanos sin necesitarse homilías para ello, afán existente incluso en mayor medida entre quienes hacen alardes de su desprecio por el lucro.

Fue difícil conjurar el espíritu de Getty a pesar de

que para esos efectos contratamos a la más experta y experimentada médium de la plaza. Al parecer el tipo no quería gastar — ¡gastar! — su tiempo. Se logró un poco forzadamente hacerlo comparecer y he aquí la conversación que sostuvimos por intermedio de la especialista.

Vuestro Servidor: Gracias por venir, Paul, porque supongo o espero que sea usted el que está detrás de los gruñidos que espeta la médium en este momento y no sea pura comedia de ella y a gran costo...

Paul Getty: Lamentablemente esos gruñidos son reales, como las palabras que ahora le dirijo; es el producto auténtico quien comparece ante usted. Esta vieja de mierda me ha forzado a venir y aceptar sus preguntas... No está usted gastando su dinero en vano...

Vuestro Servidor: Seré breve porque básicamente mi curiosidad se reduce a entender la auténtica raíz de la avaricia, modo de ser del que usted es un experto. Imagino provisoriamente que es un impulso mucho más profundo y sustantivo que el mero deseo de mantener lo que se tiene...

Paul Getty: ¡Ah, al fin alguien que parece entenderlo!

Vuestro Servidor: ¿De qué se trata entonces? Sólo tengo de esto una vaga intuición...

Paul Getty: Se trata del anhelo por la perfección, de un irresistible y casi estético y desde luego maniático impulso por mantener lo que existe en su óptima condición. ¿Qué me importa en sí misma la cantidad? ¡Es la calidad! ¿No es lo mismo tener 1.000 que tener 999, afirman algunos? ¡Ah, pero no, porque 1.000 es numéricamente una entidad más perfecta que 999! Quienquiera tenga una sensibilidad estética relativamente desarrollada es capaz o debiera ser capaz de entenderme. Usted recorre una hermosa playa bañada por las olas y está feliz porque nada parece trizar tanta hermosura, pero de seguro, si es persona sensible, será seriamente perturbado en su dicha si en medio de tanta perfección de súbito vislumbra siquiera una botella que algún idiota arrojó a la arena. Me pasa lo mismo con el gasto. No es que creyera, cuando vivía, que por regalar un dólar me iba a arruinar, pero sin duda ese daño a la perfección de mi fortuna iba a ser irremediable. Usted, en esa playa que le describo, no necesita que hayan miles de botellas arrojadas en la arena, le basta con una, quizás aun más, una hace mas daño que mil porque mil suponen ya que la playa no es ese dechado de perfección que usted ha estado gozando y si acaso la recorre pese a eso, al menos no espera nada de ella. El mal, la fealdad o la imperfección no necesitan presentarse en masa para existir y ejercer su maléfico efecto...

Vuestro Servidor: Puedo entender eso, pero se esperaría que dicha ambición por moverse en medio de lo perfecto, en este caso en medio de la integridad de su fortuna, debiera ser superada por cuestiones más urgentes, por la necesidad del prójimo, por el sufrimiento ajeno...

Paul Getty: ¿El prójimo? ¿Se refiere usted a quienes estiran la poruña poniendo cara de víctimas para reblandecerlo y sacarle algo, pero que en otra situación serían capaces de escupirlo, de apuñalarlo por la espalda, de vejarlo, de hacerlo víctima de su maledicencia, de su envidia, de su rencor? ¿Debía pensar en ellos y estar dispuesto a trizar la belleza de mi intacta fortuna por esa manga de oportunistas, de mendigos, de actores de vodevil?

Vuestro Servidor: Me percato que su avaricia nació entonces no sólo de una razón de estética perfección, sino también de un total desprecio por sus congéneres...

Paul Getty: Ha acertado usted medio a medio. No tengo estimación por el prójimo. ¿Por qué habría de tenerla? Los mismos que le reprochan a alguien su avaricia son incapaces de dar siquiera un peso aun si no tienen ninguna grande y hermosa fortuna por defender y mantener en su integral belleza. Cuando ponen los ojos en blanco recitando las bondades de la generosidad están pensando en la generosidad hacia ellos, no en la de ellos, la cual suele no existir. ¡Qué generosos resultan ser todos con el dinero ajeno, especialmente si esperan ser los beneficiados!

Vuestro Servidor: Estoy con usted en eso y comparto su impresión de que el talante del ser humano promedio no es muy atractivo ni muy generoso, pero el sufrimiento borra todo, iguala todo, asemeja al grande con el pequeño, hace olvidar las diferencias y simplemente pone en primer plano lo que nos une e iguala en nuestra condición en su más básico aspecto, que es el de ser criaturas condenadas al sufrimiento...

Paul Getty: ¡Bla bla bla!... No puedo creer que esté usted tan contaminado o empapado con las sandeces que repiten desde tiempos inmemoriales quienes directa o indirectamente desean vivir a costa de los exitosos y/o los afortunados. Puedo respetar y compadecer a alguien que hizo una fortuna arriesgando su vida, su capital o acaso creando nuevas actividades y que en un golpe de mala suerte lo perdió todo, pero no me pida que tenga piedad y simpatía por los fracasados vitalicios que nunca crearon nada y tratan de convertir en virtud su inanidad; esos son los que usualmente estiran la mano y hablan de generosidad. Si cuando vivía lo hubiera escuchado a usted, entonces mi fortuna habría desaparecido en una semana, porque, dígame, ¿cuándo termina el deseo del prójimo por apoderarse de lo suyo? Sólo cuando sus recursos se terminan. Y entonces usted es despreciado. Debiera leer a Nietzsche, señor, específicamente su libro *Así habló Zaratustra*...

Vuestro Servidor: Lo leí, lo leí, pero sepa usted que las prédicas de ese pobre hombre sobre el súper hombre, que él ciertamente no era, acabaron cierto día cuando se abrazó sollozando a la cabeza de un caballo que sufría los latigazos de su amo...

Paul Getty: Eso lo entiendo. Yo quizás habría hecho lo mismo. Aunque usted no lo crea, también tengo sentimientos, pero de seguro el caballo no pidió nada. Esos animales sí que tienen dignidad. Agrego que el abrazar la cabeza de un equino no entraña gastos... ¿Acaso Nietzsche le ofreció dinero al dueño para rescatarlo de su huasca? Derramar lágrimas es fácil y lo hace cualquiera; ya derramadas, te sientes buena persona y entonces puedes convidarte de la causa. Y sin que te cueste un peso...

En ese momento la médium espetó nuevos gruñidos y la sesión terminó

Jean Paul Getty

XIV

Jean Paul Marat

(Del rencor)

La codicia y la avaricia son rasgos de carácter muchísimo más comunes de lo que se piensa, pero parecen raros y escasos porque sólo muy pocos tienen riquezas suficientes para que se destaquen notoriamente; en efecto, quien vive en la más abyecta pobreza no tiene oportunidad para manifestar dichas virtudes. El rencor, en cambio, carece de dificultades para hacerse ver, no sólo porque abunda sino además porque dicha abundancia no exige ningún requisito para su existencia ni necesita ocasiones especiales para explayarse, o dicho de otro modo, exige algo cuyo suministro es infinito, a saber, la carencia, la ausencia, la falta. No pide tal o cual nivel de riqueza, de éxito o de fama, sino el no poseerlas; por eso está y se cocina a fuego lento en el alma de multitudes.

El rencor es una variante de la rabia y su particularidad

consiste en no expresarse abiertamente en público y en inmediatos espasmos de violencia, sino, al contrario, ser emoción privada, una que se oculta, que se preserva y se deja crecer en sordina, disimuladamente, casi amorosamente, refocilándose su dueño en la paciente espera de la ocasión en la que la dejará volcarse con redoblada furia. El rencor nace cuando el prójimo nos ha lesionado, pero no le hemos podido devolver la mano de inmediato. Es, al mismo tiempo, una variante de la envidia originada no tanto por el Bien que el Otro tiene como por la persona misma que lo tiene. En la envidia se ambiciona poseer lo que otro tiene y a quien creemos no merecerlo como nosotros; en el rencor, en cambio, lo que se ambiciona es poder hacerle daño a ese poseedor de lo que no tenemos. Más aun, hay en la envidia un carácter menos personal y más abstracto porque el envidioso puede no haber tenido nunca un contacto con el envidiado; el rencor, en cambio, presupone ese contacto, a veces uno íntimo y normalmente prolongado. El rencor tiene nombre, tiene rostro. En ambos casos, sin embargo, tanto en la envidia como en el rencor, hay un prójimo que hace o tiene algo que no podemos tener o hacer; tanto el envidiado como quien nos produce rencor nos recuerdan nuestra impotencia y/o nuestra poquedad, nuestra inferioridad.

El rencor tiene, entonces, un blanco de carne y hueso contra el cual se desea descargar una rabia acumulada ocultamente por años de años y a veces detrás de una sonrisa, del fingimiento, lo cual la condimenta y aumenta aun más porque el disimulo a la fuerza es prueba adicional de nuestra inferioridad y lo sabemos. En la espera de la ocasión para salir a la luz, el rencor crece entonces como un tumor y se hace cada día más venenoso. Nacido de la comparación, no de la simple posesión, lo que produce rencor no es la inteligencia o buena fortuna del otro, sino el que tenga en mayor grado esos atributos. No suscita rencor que el prójimo sea rico, sino que sea MÁS rico, no que sea inteligente sino MÁS inteligente, no que tenga éxito, sino tenga MÁS éxito.

De ahí la enorme popularidad del rencor, su universal presencia y existencia. En todo, en riqueza o inteligencia, muchos son los llamados pero pocos los elegidos.

¿Quién mejor para hablar de esa dolorosa llaga que Jean Paul Marat, campeón indiscutido de los rencorosos? Nacido en 1743 y asesinado en 1793, fue un hombre consumido por la ambición de hacerse un nombre en una variedad de campos, pero en todos fue rechazado, desdeñado, burlado y ninguneado porque lo suyo, en comparación con la obra de los ya instalados en cada una de las áreas de sus intentonas, parecía ser la confección a medio morir saltando de un patético aficionado. Debido a eso Marat acumuló un inmenso rencor en proporción a su inmensa ambición. ¿Qué no intentó por hacerse notar, reconocer? Escribió sobre la luz, el fuego, los colores, sobre filosofía y diez cosas más y en todos esos emprendimientos recibió el rechazo burlón y despectivo del stablishment intelectual debido a ser, sus propuestas, insuficientes y hasta ridículas. De ahí el furor que descargaría en tinta — luego convertida en sangre — durante la revolución francesa por intermedio de su pasquín venenoso, *L'Ami du peuple*. Si se desea el detalle de sus fracasos y de su horrible venganza léase *Paris in the Terror* de Stanley Loomis.

Asesinado de una cuchillada por Charlotte Corday, su espíritu vaga en la parte más oscura del Hades junto a otros envidiosos, rencorosos, resentidos y leprosos del alma. Ahí, farfullando y rezongando, maldiciendo e insultando, fue como lo encontramos.

Fernando: Bonjour o bon nuit, no sé qué hora sea aquí, Jean Paul...

Marat: ¡Cómo usted quiera! Me importa un carajo la hora, ciudadano. Y a nadie debiera importarle. Aquí ni hay esperanza ni hay mañanas ni hay consuelo ni hay tardes ni noches ni veranos ni inviernos, sólo sufrimiento...

Fernando: ¿Tiene siquiera la más leve idea de porqué está aquí y no en alguna clase de Cielo?

Marat: ¡Debido a mis enemigos! Ellos se conjuraron e intrigaron para que se me enviara a este lugar y no al Elíseo, donde merecería estar por obra y gracia de mis méritos pues ha de saber usted que, amén de mi trabajo académico, sin mí la revolución se hubiera descarriado... Culpo a Voltaire de lo primero y a los girondinos de lo segundo... Voltaire estuvo detrás de todo aun después de muerto, sí, porque su cuerpo y su alma corruptas, que hieden hasta el día de hoy, emponzoñaron post mortem todo lo que intenté. Fue él y esos paniaguados intelectuales convertidos en mascotas de la nobleza los que arruinaron mi carrera. Y no olvidemos a los académicos, criaturas arrogantes que se creen dueñas del saber y le cierran las puertas a todo el mundo. ¡Cómo los odio!

Fernando: ¿Aún los odia? Considerando la venganza que se cobró, sus demandas de más cabezas casi siempre satisfechas, se diría, se creería que estaría usted, que debería estar aplacado y en paz...

Marat: ¿Aplacado y en paz? ¿De qué me sirvió haber exigido que se cortaran más cabezas, la cabeza de toda laya de contrarrevolucionarios, la de peluqueros, modistos y maquilladores de la nobleza, las cabezas de esa canalla servil que aun lambía los *culottes* de los aristócratas? ¡Era la de Voltaire la que yo quería! Si hubiera podido lo habría sacado de la tumba para guillotinar su cuerpo podrido. Ni a él ni a los demás pude tocar. Apenas me consuela el que después que me matara esa yegua parida, la Corday, guillotinaran al químico Lavoisier. Lo llamarán algún día el fundador de la química moderna pero yo, sí, yo escribí sobre ese tema con mucha más sapiencia. Por eso, ciudadano, no hubo suficientes cabezas. Y no habiéndolas, ¿cómo puede aplacarse uno ante tanta injusticia? ¿Cómo pueden olvidarse las intrigas que nos han herido? ¿Cómo saciarse? ¿Cómo evacuar el odio que me carcome aun aquí?

Fernando: Habla usted de injusticia asumiendo que sus trabajos científicos y literarios eran de gran valor, pero, ¿no ha siquiera explorado la posibilidad de que no lo fueran? ¿No se le ha ocurrido que fuesen mediocres, repetitivos, obsoletos, insustanciales?

Marat: No sea insolente. ¡Está hablando con *L'Ami du peuple*, no con cualquiera! ¡Está hablando con un pensador!

Fernando: Pensador bien puede ser, pero quizás uno malo, insuficiente, superficial, repetitivo, derivativo, irrelevante...

Marat: ¡Superficial! Ahórrese ese calificativo para Voltaire, quien no era sino un payaso, un bromista y en todo sentido un hombre de espíritu liviano y por eso mismo cautivó a Europa. Produjo la clase de mercancía literaria barata que está al alcance de los mediocres y esa es la razón de su éxito. Y no dejó, pese a sus críticas, de codearse con los nobles, los reyes, las reinas. ¡Un lambe culo!

Fernando: Pero con talento...

Marat: ¿Talento? Ya la primera vez que leí una de sus obras me percaté de su enorme superficialidad y de cómo, con la facilidad de su pluma, iba a cautivar incluso a la nobleza a la que aparentaba criticar. ¡No imagina usted la rabia que me produjo el primero imaginar y luego el ver a un hombre tan ligero y vano encumbrarse a las alturas de la fama! A mí en cambio se me rechazó y cada vez que me rechazaron la imagen de ese viejo hipócrita acunándose en la gloria me hizo rechinar los dientes de furia. Hubiera querido decírselo cara a cara, denunciar su impostura, pero no era posible. Sólo podía reservarme esa rabia a la espera de una ocasión que nunca se presentó. En mi imaginación, lo confieso, lo torturé y le di muerte de múltiples maneras. Lo apuñalé, disparé un mosquete en su cara burlona, lo hice desjarretar por caballos indómitos, lo sometí al fuego, a las tenazas ardientes de los verdugos y por supuesto lo guillotiné infinitas veces y observé su pequeña cabeza caer al cesto y la imaginé retorciéndose con las más diversas muecas, a veces con espanto, en otras con horror, siempre con desesperación. ¡Cómo gozaba con esas fantasías!

Fernando: Fuera de refocilarse con dichas fantasías hizo usted guillotinar o pidió que se guillotinara a muchos. ¿Tal vez veía en cada una de sus víctimas el odiado rostro de Voltaire, de esos académicos?

Marat: Lo veía. De hecho, ahí estaba. Todos ellos eran Voltaire aun si no lo sabían, discípulos y seguidores y admiradores de ese viejo de mierda. Aun sin conocerme se burlaban de mí. Voltaire y los demás me marcaron con su desprecio y esa mancha injusta todos podían verla. Era preciso borrarles la sonrisa del rostro. ¡Ah, cómo hubiera querido asistir a la ejecución de cada uno de ellos, comprobar si la sonrisa aún flotaba en esos rostros cuando el verdugo deslizaba sus cabezas en el cepo para esperar la filosa hoja de la guillotina! En los tiempos suyos, desprovistos como están de ese maravilloso instrumento, créame que me habría sumado a la fila del *MeToo* y denunciado al anciano como acosador y violador... Al menos eso...

Jean Paul Marat

XV

Umberto Eco

(De la belleza)

El 19 de febrero de 2016 y entre otros millones de eventos de la más disímil importancia ocurridos ese día hay dos con cierta relación entre sí, uno de peso mundial y el otro con a lo más una ligera gravitación familiar: el pesado y penoso fue la muerte de Umberto Eco y el segundo, insignificante y emocionalmente neutro, el cumpleaños número 67 del autor de este libro. La "cierta relación entre sí" es el hecho, compartido con miles de habitantes del planeta, de que este autor es uno de entre los innumerables lectores y admiradores de la obra de Eco. Quizás pueda agregarse a las coincidencias el hecho de que ambos pertenecen a la categoría de los bibliómanos, esa peculiar aunque inocua variedad de dementes cuya afición es no sólo leer en cantidades, sino apilar lo ya leído con amorosos cuidados y acumular así, en el transcurso de sus vidas, más volúmenes de los que permite el espacio donde viven. A eso se agrega, en ocasiones, un afán coleccionista dirigido a los más diferentes propósitos y de los más diversos precios, desde coleccionar incunables de costo estratosférico a pretender poseer TODAS las ediciones de tal o cual autor de novelas policiales, si bien a menudo suele ocurrir que el bibliómano, en su delirio, persiga varios fines al mismo tiempo.

Apresado por esa deliciosa fiebre que sólo termina con la muerte, el bibliómano es una criatura solitaria que sólo se encuentra con sus pares cuando coinciden en el remate de la biblioteca de un colega fallecido y cuya familia, como es usual, arde en deseos de convertir el papel de los libros en papel moneda. Y es un encuentro entre guerreros pues la disputa es por el mismo botín. Tómese nota y considérese que Eco jamás habría coincidido en uno de esos remates con el autor de este libro pues él era un bibliómano de alto nivel, uno que coleccionaba volúmenes de valor histórico y de precios galácticos, mientras vuestro servidor no tiene otra colección que la por default conformada por ejemplares repetidos debido a compras distraídas que suman una edición nueva o vieja a otra ya poseída pero olvidada. Ítem más, Eco llegó a tener 50 mil libros distribuidos en dos viviendas y VS posee menos de la décima parte de eso.

Y aun así, tal vez de haberse ambos encontrado habrían entablado relaciones cordiales porque los bibliómanos, aunque solitarios y dispuestos a darse de puñaladas si disputan el mismo ejemplar, son personas de más que razonable trato si no se encuentran en ese difícil predicamento. Y en cierta forma nos encontramos del modo que ya se explicará. Ese 19 de febrero Eco murió de noche, en Milán, mientras a miles de kilómetros y en esos mismos momentos Villegas dormía siesta luego del copioso y muy regado almuerzo celebrado con motivo de su cumpleaños. ¿Hay quizás una dimensión que se accede por intermedio del sueño, ya sea el experimentado gozando de plena salud o el que precede la muerte? Y si es así, ¿pueden quienes deambulan en ese territorio onírico encontrarse y entablar conversación? ¿No es en esa región donde recogemos las hebras sueltas de lo que nos sobrevendrá, las alertas acerca del futuro que cuando despertamos nos abruman con un peso en el corazón, sabedores ya, aunque sea oscuramente, de lo que se viene?

Pero no fue esa tarde cuando me topé con Umberto Eco. Probablemente en dicha ocasión no hice sino dormir la mona. Fue una noche muy posterior cuando soñé que en la tarde del 19 de febrero, mientras dormía, nos encontrábamos en mi sueño. Hay sueños así, unos dentro de otros o haciendo referencia a otros. Además en esa dimensión podemos relacionarnos con cualquiera, sin distinción de rango e importancia. Sépase que alguna vez charlé con el Papa Urbano, quien predicó la primera cruzada. Creyendo en el sueño encontrarme con Eco en los minutos previos a su muerte, él en su sueño de agónico y yo en mi sueño de curado, me apresuré en tocarle el tema del cual escribió un maravilloso libro, *Historia de la Belleza*. Los detalles se me han ido borrando, pero fue más o menos así.

Fernando: Qué gusto encontrarlo, señor Eco. Sé que usted está por morir o ya muerto y yo estoy vivo y por seguir viviendo, pero así están las cosas, no tiene remedio...

Umberto: Esto de estar vivo o muerto es bien relativo. Vivo para usted en su sueño y eso me hace vivir tal como, cuando de verdad vivía, en realidad no vivía sino en el sueño de Dios... qué enredo, he leído demasiados libros de teología y metafísica...

Fernando: Son quizás los más entretenidos...

Umberto: Qué duda cabe, tratando, como tratan, de lo imposible, incognoscible, inaprensible e intocable, de modo que todo se puede decir y creer...

Fernando: Quiero menos preguntarle algo que confesarle algo. Leí su libro sobre la belleza y todo en mi mente cambió al respecto, no sé si porque entendí bien lo que usted escribió o porque lo entendí mal o por ninguna de ambas cosas, sino por las reflexiones que me inspiraron ya sea mi comprensión o mi incomprensión...

Umberto: Habla usted casi tan enredoso como un metafísico... ¿Puedo preguntarle qué cambió en su mente, a qué conclusión llegó?

Fernando: Entiendo o creo entender que la belleza es menos una condición propia del objeto que la manera como mira el que lo contempla. O dicho de otro modo, bello es o resulta siendo lo que se contempla y no sólo se mira... De seguro no es lo que usted quería decir, pero ahí está lo que yo quiero decir...

Umberto: Interesante su punto y en verdad no recuerdo bien qué diablos postulé en mi libro, si es lo mismo o parecido o todo lo contrario de lo que usted dice, pero me parece que ha sacado de él lo mejor que de todo libro puede sacarse, o sea, menos un recuerdo exacto de qué dijo el autor que el recuerdo y reformulación personal hecha a propósito de la lectura del libro.

Fernando: Recordará usted lo dicho por alguien, no me acuerdo quién, eso de que la cultura es lo que queda después haberse olvidado todo. En este caso es posible que haya olvidado el 99.99% de su libro, pero me quedó de él la impresión que le he dado, aunque tampoco estoy tan seguro de su verdad o plausibilidad. Hay objetos que parecen ser intrínsecamente bellos y otros intrínsecamente feos, se miren o se contemplen...

Umberto: Creo que no andas lejos de la verdad. Tal vez lo intrínsecamente feo o bello es más bien algo que facilita o dificulta mucho esa mirada contemplativa, pero es de todos modos ésta la que confiere esa cualidad. Espero no fastidiarte si te pregunto en qué consiste esa mirada contemplativa que confiere belleza... y por lo mismo en qué consiste ese rasgo intrínseco del objeto que inclina a una cosa o la otra.

Fernando: Me la pone difícil. ¿Quién soy yo para dilucidar esos temas? Hacer público lo que se piensa es peligroso hasta cuando se tiene razón y quizás especialmente cuando se la tiene. Más me vale guardar para mí esas divagaciones...

Umberto: ¡Vamos, hombre, no se me acobarde! Lo que me diga no saldrá de este sueño...

Fernando: Lo que sí vale la pena hacer público es su pensamiento sobre esa materia...

Umberto: Es lo mismo. Tu me estas soñando. Soy lo que me haces ser. No diría otra cosa que lo que tu piensas...

Fernando: Pues bien, se me ocurrió que hay cierta manera de mirar, la cual llamaremos contemplación, en la que el objeto contemplado es visto no como singularidad de la que tomamos nota ya sea porque haremos uso de ella o es un obstáculo, etcétera, sino que la estamos viendo, en dicha contemplación, en su relación con un conjunto, pero no con nosotros. Ese conjunto es el Ser en su totalidad y del cual el objeto contemplado es parte, de modo que participa de su dignidad y majestuosa presencia. De esa presencia, dicho sea de paso, no podemos tener otro atisbo que esa refracción que nos ofrece lo particular, lo dado, el objeto que contemplamos...

Umberto: Diablos, ya me parecía que me estaba topando con un metafísico...

Fernando: Trataré de explicarme: la belleza de una pieza musical, digamos de una pieza de Bach por ejemplo, radica en el modo más o menos perfecto como expresa la armonía y estructura del Ser en su conjunto, el cual para nosotros es imposible captar de modo directo. Como totalidad es inefable. Sólo podemos tener una vislumbre de eso en piezas como las de la música de Bach o cualquier otro gran artista. La gran obra expresa mejor lo que aun la mediocre expresa, aunque más oscuramente...

Umberto: Tiene usted una mirada casi religiosa de la belleza... ¿Y qué hay de las normas culturales? Se suele hablar, de hecho está de moda hacerlo, que todo es relativo al sistema de valores y creencias, que lo feo y lo bello dependen de las reglas de cada cultura... Por tanto la belleza no sólo es cosa de la cosa, sino de esa otra cosa más grande que es una entera cultura.

Fernando: Con todo respeto, creo que eso es una tontería... cada cultura no hace sino poner a sus miembros en un ángulo distinto en relación al objeto, pero el objeto observado y el acto de contemplar son los mismos. Cualesquiera que sean las diferencias entre una forma de arte y otra, basta un poco de examen para detectar que todas ellas, aun con y desde su peculiaridad, obedecen a las mismas reglas o si quiere, apuntan a las mismas leyes. Por ejemplo, las proporciones, la armonía matemática.

El más o el menos de las decoraciones, singularidades, colores y manierismos no viene a cuento. Si aparece una gárgola o un dragón, es cosa pintoresca pero menor...

Y desperté. No he vuelto a soñar con Eco ni creo que a él le interese que lo haga...

Umberto Eco

XVI

Mark Twain

(Del humor)

Imposible definir el humor afirman los entendidos. Intentarlo siquiera, nos advierten, demuestra que se carece de él. Lo mismo o muy parecido se nos asevera en tono solemne respecto a otras conductas complejas, pero no hay que tomarse esa admonición muy en serio porque, de hacerlo, de ponerse uno en esa actitud verbalmente tan escrupulosa, no hay prácticamente ninguna definición que pueda aceptarse y debiéramos quedarnos callados o limitarnos al lenguaje de los gestos. Dicho de otro modo, la excesiva y a veces hasta pedante intolerancia con la inexactitud no nos libra de ella sino conduce o nos deja en el territorio de la vaguedad y confusión absolutas. Mark Twain no era tan escrupuloso y en el curso de su peripatética − y también patética, como se verá − vida ofreció muchas definiciones o si se quiere, otras tantas miradas o ángulos sobre el humor.

Algunas de ellas son más bien tristes:

"Todo lo humano es patético. La secreta fuente del humor no es sino la tristeza. No hay humor en el Cielo..."

Y otra:

"El humor genuino está repleto de sabiduría"

Y una tercera:

"¿Qué logra sacar una chispa de humor del hombre? Es el esfuerzo por combatir el peso de las penas que nos abruman a cada uno de nosotros. En la juventud no lo sentimos, pero a medida que maduramos vamos sintiéndolo sobre nuestros hombros."

Hay muchas más. Ninguna es particularmente alegre. Nadie se muere de la risa con las definiciones del humor que hace Mark Twain. Y dicho sea de paso, si alguien sabía de esas tristezas que deben combatirse con humor, es precisamente Twain. Baste tan sólo considerar que en el curso de su vida perdió un hijo y DOS hijas, estas últimas en el primor de sus vidas.

Se observará que ninguna de las definiciones de Twain define el humor propiamente tal, su mecánica, su esencia, sino se refiere a su origen, a sus efectos, a su uso y en otras ocasiones a su contexto. La pregunta, entonces, sigue pendiente: ¿qué es el humor?

En 1910, año de la muerte de Twain, quien la había previsto para "cuando aparezca el cometa Halley", lo que hizo en esa fecha, fue entrevistado en su casa, que ya apenas dejaba, por un reportero del *New York Tribune*. La entrevista fue muy larga. Está en archivos de ciertos sitios de Internet a los que puede accederse pagando un *fee*. El editor del diario intuía que Twain no tenía mucho tiempo por delante y quiso ofrecer una visión global y final del genio americano. Aquí ofreceremos, sin embargo, sólo lo que Twain reflexionó sobre el humor, tema que inevitable y regularmente se le planteaba en toda ocasión. Perdónense las imprecisiones de la traducción.

Reportero: ...Señor Twain, permítame pasar a otro tema... Sé que esto se lo han preguntado innumerables veces y usted ha dado toda clase de respuestas, algunas con humor y otras más bien serias. Me refiero precisamente al humor. De todo lo que ha dicho al respecto, ¿qué es lo más cercano a la esencia del asunto?

Twain: No sé si el asunto tenga esencia o más bien sea de su esencia no tenerla, el ser un fantasma huidizo, inaprensible, una sombra moviéndose por los muros. Si estuviera en ánimo de filosofar o fuera un creyente tal vez le diría que es el aliento de Dios pasando o soplando por sobre nuestras cabezas y comentando nuestros actos y todo eso con el fin ahuyentar nuestra vanidad porque el humor en cualquiera de sus formas destruye toda vanidad. Creo haber dicho en una ocasión algo parecido, que el asalto de la risa demuele cualquier cosa... ¿lo dije?

Reportero: Sí señor Twain, lo dijo...

Twain: Claro que con eso no dije mucho, lo sé. Sigue pendiente la pregunta. ¿Tal vez sea el contraste? Todos sabemos o sospechamos que en la escritura humorística una de las mecánicas más usadas es la coincidencia de lógicas dispares, hablar de un tema con un lenguaje que corresponde a otro, cosas así. Pero la pregunta aún no se contesta: ¿por qué el hacer eso es divertido, por qué suele ser divertido? Porque lo es. Todos conocemos la historia del tipo cuya muerte, hace unos años, fue anunciada en el *Times de Londres*...

Reportero: No la recuerdo...

Twain: Anunciaron su muerte por error y el fulano en cuestión mandó una carta a dicho diario diciendo que "las noticias acerca de mi muerte son algo exageradas..." ¿Capta la gracia? Divirtió a mucha gente, yo incluido. No lo hubiera podido hacer mejor...

Periodista: Es gracioso...

Twain: Ahí tiene usted un ejemplo de lo que le he dicho. El contraste es entre el hecho de que se discute la muerte, que es cosa absoluta, pero se usa una expresión de suyo relativa, eso del "algo exagerado". El asunto tiene cientos de matices más, posiblemente...

Periodista: Sí, pero se pregunta uno porqué eso es cómico...

Twain: Me lo he preguntado mil veces. Esto es como ser carpintero y usar un martillo todo el tiempo y no saber qué es un martillo. Quizás, suelo pensar, la pregunta está mal planteada... Tal vez no se trata de que esa yuxtaposición de lógicas o cualquier otro mecanismo cómico conocido sea lo que produce el humor por sí mismo, o "es" el humor, sino sólo la llave que abre una puerta hacia un espacio de humor...

Periodista: No lo entiendo mucho...

Twain: No se preocupe, yo tampoco porque tengo a lo más una vaga intuición... pero observe usted lo siguiente: hay espacios de pura tristeza, ¿no es verdad? Los griegos hablaban del Hades como ese lugar de ultratumba donde los muertos deambulan sin muchas amenidades a mano, recordando sus pasadas vidas, un sitio más bien lóbrego... los griegos no hablan de tormentos como los del infierno cristiano, pero sí de la oscuridad y tristeza y nostalgia, nada muy feliz, ¿lo recuerda?

Periodista: Por supuesto...

Twain: Entonces, ¿no habrá un espacio del humor, un ámbito de verdes praderas y tranquilas aguas como dice el Salmo 25, donde impere el júbilo? Y si es así, ciertas mecánicas verbales abren la puerta y nos dejan dar siquiera un vistazo a eso... Es humorística toda mecánica que rompa la muralla o abra la puerta que nos encierra y aísla en la grave seriedad y tristeza del mundo que habitamos... El humor no está en las palabras o chistes, sino estos son la llave que abre la puerta o la mano que descorre las cortinas... El humor consiste en suspender por un momento esta mortal seriedad que deriva de revestirlo todo de tanta importancia. ¡Yo mismo dije que la risa demuele todos los muros! He ahí, amigo, el secreto del humor. En otras palabras, es lo que está en ese otro mundo. O aun de otra manera; el humor no es nada por sí mismo, sino más bien la aniquilación temporal de la tristeza que nos agobia. De ahí que el humor sea alado y rebosante de inteligencia pues es en el vuelo y la comprensión que se revela la inanidad de los que nos ocupa... Y ahora estoy cansado, le ruego pongamos fin a esta entrevista...

Mark Twain

XVII

Juan Rivano

(De la filosofía)

Hoy en día no escasean los filósofos. Si alguna vez fueron mercancía escasa, en el presente, en cambio, se les puede encontrar fácilmente en el pasillo correspondiente a las "ciencias humanas" del supermercado de los títulos y los posgrados. Plantarse ante el mundo como un filósofo, esto es, como alguien provisto del debido certificado de garantía y autenticidad filosófica entregado por alguna universidad, se ha convertido en un recurso más para salir airoso en la feroz carrera armamentista de grados y licenciaturas librándose hoy en día en todos los espacios profesionales; en eso la filosofía ya no se distingue mucho de otras especialidades asociadas a ese vago y nebuloso territorio donde mora lo que antes se denominaba como "las humanidades" y que actualmente, con inaudita arrogancia y pretensión, se denomina "ciencias sociales". No importa de qué tratan dichas especialidades y a qué propósito apuntan en el plano de las ideas; en estos tiempos el propósito de los títulos se ventila en el plano de las conveniencias; cualquiera de ellos sencillamente entrega más chances en la competencia por puestos de trabajo. Presentarse como "filósofo" puede servir de algo. Si se es profesor de lenguas o periodista, ser además un filósofo con patente universitaria agrega más antecedentes para optar a un cargo académico o de locutor deportivo.

Pero, ¿qué es ser un filósofo? Sospechamos que cosa diferente a tener "estudios de filosofía" e incluso debiera ser distinto a la condición de académico y erudito en ese campo. La razón: no hay un ejercicio de la filosofía similar al de la odontología o cualquier otro oficio. No existe, en la filosofía, un cuerpo dado, establecido y aceptado de conocimientos que se aprenda, aplique o ejerza como se hace con cualquier práctica profesional; la filosofía y el filosofar es más bien una postura intelectual, un modo de ver el mundo, de interrogarlo, de establecer prioridades, una búsqueda permanente de significados en vez de crear y creer en modelos de causas y efectos. Dicho de otro modo, no hay un conocimiento establecido ni un campo de acción empírico para ejercer como filósofo pues aun la enseñanza de la filosofía y su complemento, el aprendizaje, operan de modo muy diferente a la pedagogía de cualquiera otra disciplina, arte o profesión; en este caso no se trata meramente de transmitir un saber para que el estudiante eventualmente lo aplique, sino es – o debiera ser – un esfuerzo cooperativo para escudriñar un territorio conceptual vacilante, incompleto e hipotético.

Debido a eso alguien podría decir y en verdad se ha dicho muchas veces que un filósofo se dedica a una labor que "no sirve para nada" o incluso dificulta hacer cualquier cosa que sirva de algo. Hay una anécdota proveniente de la antigüedad acerca de eso. Un filósofo caminaba mirando el Cielo para desentrañar su naturaleza y debido a eso se cayó en un hoyo, motivo por el cual una vieja que estaba por ahí aprovechó la ocasión para mofarse diciendo "pretende nada menos que describir los misterios del firmamento y ni siquiera sabe dónde pone los pies", lo cual es una crítica absurda y mala leche porque saber dónde se ponen los pies no es condición necesaria ni previa para poner la vista en el cielo. De hecho y desde tiempos inmemoriales se suele pintar al filósofo como lo hizo esa vieja, como alguien que se pone en situaciones ridículas revelando su total inutilidad para ellos mismos y la sociedad, gente soñadora que divaga en vez de dedicarse a algo útil.

Hay buenas razones para pensar que tal vez sea todo lo contrario. Quizás más bien sea el trajín de la vida práctica, en apariencia tan seria y justificada y a veces hasta autocomplaciente en su postura de lo que "debe ser", la que en verdad revela la completa inanidad, vaciedad y hasta ridiculez de la vida humana. Quizás el saber dónde poner los pies importa poco si no se sabe adónde ir con ellos. ¿Qué significa, después de todo, el estrepitoso ir y venir de todos nosotros, las peripecias sin número en que nos comprometemos por propósitos indefinidos y brumosos? Una prueba de esto lo da la historia: estudiándola, siquiera leyéndola, salta a la vista la profunda verdad de ese poema de Jorge Manrique preguntándose lo siguiente:

> *¿Qué se fizo el rey don Juan?*
> *Los Infantes de Aragón,*
> *¿qué se fizieron?*
> *¿Qué fue de tanto galán?*
> *¿Qué de tanta invención*
> *que truxieron?*
> *Las justas y los torneos,*
> *paramentos, bordaduras,*
> *e cimeras,*
> *¿fueron sino devaneos?*
> *¿qué fueron sino verduras*
> *de las eras?*
> *¿Qué se fizieron las damas,*
> *sus tocados, sus vestidos,*
> *sus olores?*
> *¿Qué se fizieron las llamas*
> *de los fuegos encendidos*
> *de amadores?*
> *¿Qué se fizo aquel trovar,*
> *las músicas acordadas*
> *que tañian?*
> *¿Qué se hizo aquel danzar,*
> *aquellas ropas chapadas*
> *que traían?*

Respuesta: se hicieron polvo. Polvo esos hombres y mujeres, polvo sus actos olvidados y por completo aniquilados. ¿Dónde queda entonces la seriedad, la importancia? Al contrario, si algo queda de esa historia, si algo se rescata del polvo y el olvido, si hay cosa que se acumule y crezca y florezca es el pensamiento en todas sus formas, las ideas, las artes, las ciencias y por cierto la filosofía. Cuando pensamos en el Renacimiento, ¿acaso recordamos a reyes, príncipes, condotieri, soldados, Papas, políticos y bataclanas y sus enredosos e irrelevantes actos o más bien pensamos en Leonardo, Miguel Ángel, Macchiavelo?

De eso hablamos con Juan Rivano, ilustre filósofo chileno quien luego de 20 años de exilio – en verdad ya de residencia – en Suecia murió el 2015 en dicho país dejando una obra que pocos conocen y todos debieran conocer porque, debierais saberlo, fue hombre que enseñó a pensar a muchos y post mortem quizás lo sigue haciendo con algunos pocos. Demás está explicar que ese Rivano con quien hablamos no mora ya en este universo físico sino posiblemente en infinitos otros a los cuales no tengo acceso y en los cuales o aún está vivo y coleando en pleno uso de sus elevadas facultades o también ya ha muerto y se le recuerda o se le ha olvidado, pero yo sólo hablo con un fantasma de mi imaginación, con el Rivano que he construido a lo largo de décadas y por eso mismo tan presente en mi espíritu como si estuviera frente a él en una cafetería.

Fernando: Un placer y un honor estar con usted. Nunca nos conocimos en persona pero al menos yo lo conozco por intermedio de dos de sus obras, *Contra Sofistas* y *Cultura de la Servidumbre* que leí en mi adolescencia... A eso, últimamente, he agregado un par de cosas...

Rivano: Espero que hayan sido de provecho, aunque lo dudo, porque no me parece usted muy perspicaz. Tiene más bien el aire de viejo medio leso y pasado ya hace rato su mejor momento, que de seguro tampoco fue muy deslumbrante...

Fernando: En eso tiene toda la razón. Aún no identifico una actividad en la que no meta o no haya metido la pata y/o no haga o no haya hecho el ridículo, pero digo en mi descargo que en eso no me distingo mucho de casi todo el resto del género humano...

Rivano: Efectivamente, ha acertado, forma usted parte de una tribu inmensamente numerosa.

Fernando: De acuerdo, pero considere entonces que somos precisamente los tontos los que necesitamos lecciones. No encontrará lectores interesados en medio de una asamblea de sabios o entendidos. Es posible incluso que en ella lo miren a huevo por no "estar al día" en materias valóricas, políticas, psicológicas, morales, sexuales, etc. ¿O lo está? Ahora que lo recuerdo me parece que era usted eso que se llamaba "hombre de izquierda" y hoy se llama "progresista"...

Rivano: Tal vez lo era, pero estúpido no fui nunca. No soy dado a sumarme a los movimientos de moda, a las jergas en boga, a los idiotismos del momento. Ya debiera usted saberlo si leyó *Contra Sofistas*. Dicho sea de paso, el sofista es al menos alguien que razona o intenta hacerlo. Por lo que veo hoy en su país e incluso en medio de esas asambleas de "filósofos", lo que reina es el gregarismo, el oportunismo, el miedo y la confusión, pero la razón jamás. Aun respecto a lo que profesan tal o cual ideología viene uno y les hace un par de preguntas y enmudecen o lo tratarán a usted de reaccionario y fascista por preguntarlas. Una vergüenza...

Fernando: ¿Se ha abandonado la razón?

Rivano: No se abandona lo que jamás se ha tenido. No me hago ilusiones. La razón es atributo de muy pocos y siempre ha sido así. Quizás la diferencia con otras épocas es que antes los desprovistos de razón al menos respetaban a los que la tenían o siquiera parecían tenerla. Hoy no. Lo que vale es la emoción, los sentimientos, los "valores", las "sensibilidades" y una fraternidad por lo demás puramente predicada, nunca practicada. No es que muy pocos se pongan a la altura de la razón, sino que la norma hoy es la sinrazón. Algunos hablan incluso de la "post-verdad". Cuando se llega a eso, a esa falta de respeto, no puede esperarse mucho. En todo lo demás los seres humanos siguen siendo los mismos de siempre y la inteligencia que se cacarea que poseen sólo aparece de vez en cuando y en su forma de menor calado, que es la astucia, esa facultad a menudo maliciosa de la cual hacen uso para obtener algo que les conviene o desean. Creo que fue Shopenhauer quien dijo que aun el más mediocre de los seres humanos revela una sutileza excepcional cuando se trata de adivinar adónde va la cosa para subirse al vagón más conveniente.

Fernando: Usted escribió *Contra Sofistas* tal vez animado por un poco de optimismo respecto a que sus argumentos podían afilar la mente de una generación que en esos años pintaba como revolucionaria, iluminada, idealista y hasta inteligente...

Rivano: Las nuevas generaciones, todas ellas, siempre ofrecen esa apariencia resplandeciente, salvo en períodos oscuros en los que no pueden sino decir "no estoy ni ahí" y luego perder el tiempo en evidentes bagatelas. Pero es una ilusión. Toda nueva generación está conformada, como las viejas, como las ya desvanecidas y las por venir, por una inmensa mayoría de medianía incapaces de pensar por su cuenta y/o que lo hacen mal y desde luego son presa de todos los sofismas, de todas las convocatorias y de todos los eslóganes. Depende de las circunstancias el que algunas veces se revistan de un ropaje más glamoroso y depende de las circunstancias cuál vaya a ser ese ropaje. El mismo jovencito puede convertirse en revolucionario o en nazi de acuerdo a dónde nació, cuándo lo hizo y quién fue el primer gurú susurrándole idioteces en el oído.

Fernando: A usted, don Juan, no se le podría acusar de

optimista...

Rivano: El optimismo particularizado, el esperar por alguna razón que algo bueno suceda en tal o cual campo de nuestra acción o en tal o cual momento es plausible porque eso, dicha buena ocurrencia, es materialmente posible; en cambio el optimismo como postura general, como actitud a priori válida para todo, es simple y pura estupidez. Los asuntos humanos están gobernados por la insensatez, las emociones, la vanidad, las peores pasiones, el rencor y el resentimiento, el afán de venganza, la desesperación y el aburrimiento y nada muy optimista puede salir de ese cóctel. Puede, si lo desea, agregar la entropía...

Fernando: De estar ahora en Chile vivo, activo, ¿escribiría otra vez un *Contra Sofistas* tomando en cuenta el clima mental imperante?

Rivano: Creo que no me molestaría, no. Las generaciones, como le he dicho, no se diferencian mucho en términos de sus capacidades y rasgos, pero hay una distinción después de todo, un grado mayor o menor de esto y aquello y en el caso del día presente ese extra mayor o menor consiste en que no haya ni siquiera uno entre cien muchachos que se pudiera interesar en ese libro. Me pasa como a Dios ante Sodoma y Gomorra: no encuentro que haya por lo menos media docena de justos para salvar la ciudad y en mi caso para escribir de nuevo ese libro. Los jóvenes de hoy han sustituido el uso del cerebro por el de los dedos manipulando teclados de sus *tablets* y *iPhones*. No me imagino escribiendo una "App filosófica" para esos bichos...

Juan Rivano

XVIII

Norberto Bobbio

(De la vejez y la muerte)

Casi una década antes de su muerte acaecida en el 2004 a la avanzada edad de 94 años, Norberto Bobbio, colega de Rivano – quizás sin saberlo – por su condición de filósofo e historiador del pensamiento político, escribió un libro titulado *De Senectute*, la vejez, haciendo a la pasada referencia a uno de similar título escrito por Cicerón sobre el mismo tema, pero con una gran diferencia: Cicerón escribió el suyo a edad mucho más temprana, antes de los 63 años de edad, la que tenía cuando lo asesinaron, aunque ha de considerarse que en esa época un hombre en apenas la cincuentena ya era visto como muy avanzado en edad. De todos modos se nos perdonará si evaluamos lo escrito sobre la vejez por un hombre de 86 como más contundente que lo afirmado por un nene de menos de 70, aun si se trata de Cicerón. Este último fue un gran escritor, un inmenso hombre de letras, pero, en este tema como en otros, en el trasfondo de sus líneas resuena, aunque apenas notorio tras su deslumbrante retórica, un cierto campanilleo sino de falsedad al menos de artificialidad, el tonito a veces en sordina y a veces estridente con que reverbera todo lo escrito menos a base de la experiencia personal que de lo dicho por otros, incluyendo a la pasada los modismos y convencionalismos conceptuales en boga. En la época de Cicerón la ideología de moda era el estoicismo, lujo de los ricos y poderosos.

Y a propósito de la diferencia de edades entre Bobbio y Cicerón, eso plantea de inmediato un tema central: ¿cuándo comienza la vejez propiamente tal, AHORA, en nuestro tiempo? Lo pregunto porque al menos es evidente que el umbral se ha ido corriendo. Cuando este autor era niño una persona de alrededor de 40 años ya era vista como vieja o siquiera como "bien madurona". No hemos olvidado un titular noticioso de esos años acerca de un atropellado, el cual decía "la víctima resultó ser un anciano de 43 años..."

Bobbio escribió *De Senectute* a los 86 años y el resultado no es precisamente el himno a la alegría. Bobbio no se hizo ilusiones. No era uno de esos viejos algo lesos o reblandecidos que luchan tan frenética e inútilmente para ocultarle a los demás, pero en especial a sí mismos, los estragos de la edad. No se compraba ese discurso acerca de la "edad dorada" como si los deterioros no existieran y la vejez fuera sólo la feliz etapa que se alcanza para al fin disfrutar los beneficios de nuestro magnífico plan de pensiones. ¡Y qué estragos son los de la edad! Bobbio los enumera, los examina. No deja al viejo nada salvo el agridulce deporte de rememorar su pasado.... si acaso es capaz de recordarlo. ¡Cuidado, advierte, que precisamente el mismo paso del tiempo que nos hace más viejos nos hace más olvidadizos y podríamos perder los recuerdos, lo único que en esa etapa realmente tenemos! El pasado es el territorio del anciano. Ojo con no perderlo.

Bobbio no creía en la otra vida. O más bien, como él dice en *De Senectute*, "creo que no creo". La gran pregunta para el creyente, dice Bobbio, es determinar de qué trata esa otra vida. ¿Cuál es, en qué consiste, dónde está el bife? ¿Nos encontraremos con nuestros seres queridos, incluyendo las mascotas? Es una idea maravillosa, aunque la amarga o disuelve un poco el preguntarse "y después de los saludos, los abrazos y las lágrimas, ¿qué?". Sí, qué viene. ¿Y valdrá la pena? Hamlet se pregunta lo mismo con la previsible calavera en la mano: en qué consiste la cosa.

Para dilucidar estas serias materias entrevistamos a Bobbio en la especie de Hades donde por el momento está recluido. Los griegos de la antigüedad tenían razón acerca de su existencia. Se muere uno y a veces se va a dar a ese inhóspito sitio, vaya a saberse por qué.

Bobbio: ...me dicen, eso sí, que algunos van a otra parte. Existiría, me cuentan, un Paraíso como el imaginado por los musulmanes, repleto de complacientes vírgenes, vino, delicias, en fin, los placeres habituales. Me gustaría que me trasladaran a ese sitio, pero como ticket de entrada se requiere, supongo, haber seguido a Mahoma. Del paraíso vikingo donde fiestean cada noche y se matan en combate cada día no tengo conocimiento y carezco de interés. . El que me tocó, el Hades, es una lata insufrible. Preferiría morirme de nuevo, pero no se puede.

Fernando: Me parece que hay algo extraño en esto de morirse, peor aun, un problema insoluble. Si uno muere y no hay realmente nada, nada hay entonces de qué quejarse y nadie hay que pueda quejarse, pero tampoco complacerse; por otra parte si continúa uno siendo como siempre fue, como sucede con usted, se está simplemente en algún otro sitio, en este caso en el Hades o podría ser en el Paraíso, pero entonces, aunque habitando en otra parte, los enigmas y razones de ser del estar vivo siguen donde mismo los dejó en su otra vida, del todo pendientes e insolubles. Sigue usted siendo el mismo tipo preguntándose la misma cosa, a saber, cuál es el sentido de todo esto. Y si renace como Juan Pérez sin saber nada de su vida anterior, sigue muerto como Bobbio y está vivo como Pérez y cuál es la diferencia entre una cosa y la otra puesto que como Bobbio o como Pérez encara otra vez el mismo enigma.

Bobbio: Exactamente. Acerca del sentido de todo este negocio aún no vislumbro las respuestas. He conversado con mucha gente aquí y nadie tiene idea. Uno está consciente como este o como aquel otro sujeto o no se lo está de ninguna manera y en ambos casos quedamos donde mismo. ¿Por qué existimos? ¿Para qué? ¿Cuál es el propósito? No lo sé.

Fernando: Bien pudiera ser que haya un Dios creador que en su infinita soledad, pues el concepto de Dios excluye compañía, se disuelve emanando en una infinidad de criaturas para así olvidarse de sí mismo. Es como el tipo con depresión que sólo desea echarse a la cama y dormir. En el sueño deja de estar deprimido porque se convierte en otra persona.

Bobbio: Bien pudiera ser. Lo cierto es que, sea como sea, siempre quedamos donde mismo. Se ha hablado hasta el hartazgo acerca de la muerte, se teme a la muerte, se especula sobre qué hay más allá de la muerte, se honra a los muertos, algunos se aterran, otros desesperan, se escriben teorías, metafísicas, novelas, chistes y a fin de cuentas no hay tema más inútil, más vacío. Es una total NADA.

Fernando: Ciertamente está donde mismo, como Norberto Bobbio, paseándose con otros personajes tan aburridos y sin respuestas como usted... No ha resuelto nada. Pero si fuera Aquiles sería lo mismo...

Bobbio: Tal cual. A fin de cuentas yo querría simplemente dejar de ser no sólo como Bobbio sino también como cualquier otro avatar. Ser nada, si acaso eso es posible... otro absurdo.

Fernando: Lo dejo con sus amigos... de morirme veré si puedo optar por este sitio para reanudar la charla.

Bobbio: Lo estaremos esperando...

Norberto Bobbio

XIX

Erasmo de Rotterdam

(Del entusiasmo)

Erasmo de Rotterdam (1466 - 1536) no escribió sobre el entusiasmo pero sí sobre algo muy parecido, la locura, o al menos lo que él, medio en broma y medio en serio, llamó locura. Lo cierto es que Erasmo encerró en dicho concepto gran parte de las muchas variedades de la acción humana. Por lo mismo su libro, *Elogio de la Locura*, considerando su forma y contenido y sin estirar demasiado la cuerda, pudo llamarse *Elogio del Entusiasmo* por la simple razón de que el entusiasmo por donde se lo mire se parece bastante y acaso hasta coincide con la locura que tan jocosamente describe Erasmo; en ambos estados anímicos reina la emoción, gobierna la sinrazón, aparecen un sinfín de esperanzas absurdas y el espíritu es asaltado por un arrebato tras otro de impulsos e ilusiones.

Erasmo hizo un elogio de la locura porque – así lo propone con el tono más serio del mundo – es debido a ella, a la sinrazón, que la humanidad escapa del reposo vegetativo de la animalidad y el horror espantoso de la vida si se la ve tal como es, desnudamente. Es bajo la incontenible influencia de ilusiones, ambiciones y metas a menudo ridículas por lo que el ser humano se pone en acción y huye de todo eso; además de dicho motivo se atreve a hacerlo porque se cree más de lo que es, porque no sabe medir sus fuerzas e intenta lo imposible y es entonces, por obra y gracia de su incurable ceguera, que se arroja a la aventura. Y todo eso es locura. O entusiasmo...

Al entusiasmo no le faltan apóstoles, seguidores y defensores y con toda razón porque puede también ser visto como el espíritu encendiendo todas sus luces, un arrebato de vida, de optimismo, de ganas, de alegría. ¿Qué puede haber de malo en eso? ¿Y qué puede haber de bueno en su contrario, en su ausencia, en el pesimismo, la falta de ganas, la tristeza o apatía?

Pero todo depende de las circunstancias. Erasmo murió a tiempo para no ser testigo de la catástrofe que produjo el entusiasmo – o locura – religioso en Europa, las llamadas "guerras de religión" con sus cientos de miles de muertos, hambrunas, ciudades sitiadas, quemadas, saqueadas, las torturas, los horrores, la barbarie. Porque la estadística en esta materia es alarmante: el entusiasmo propio del genio creativo que descubre nuevas leyes de la naturaleza, pinta en la Capilla Sixtina o escribe los versos más tristes esta noche es apenas una chispita casi invisible comparada a las llamaradas de la clase de entusiasmo que acompaña la acción de las hordas linchadoras, que convierte en animales feroces a quienes entran a saco a una ciudad, inspira a los enardecidos por el odio y el que enciende el impulso de los idiotas y presta ficticio calor a los amoríos absurdos y al arranque de inconsciencia que precipita a tantos al abismo. En 99 veces de 100 o quizás en 999 de 1000 los impulsos del entusiasmo son arrebatos destructivos que sólo se apagan luego que se ha asentado la polvareda del desastre y de las ruinas.

Y por todo eso, por ser así, ¿qué diría Erasmo si hubiera vivido lo suficiente para seguir de cerca las guerras religiosas que repletaron el siglo XVI y hasta la mitad del XVII?

Os lo voy a decir yo y viene siendo lo mismo que si el propio Erasmo lo dijera porque todo lector de Erasmo, todo escritor que haya producido siquiera una línea acerca de Erasmo, todo historiador que describa a Erasmo como personalidad de su tiempo, todo biógrafo, todo ensayista o filósofo que se acerque a Erasmo, todos ellos, yo incluido, han creado un Erasmo, su Erasmo, quien no es menos verdadero ni más falso de lo que el Erasmo carnal haya sido porque de seguro fue tan vago y cambiante como todos, tan vacilante y sinuoso como el que más, tan poco sólido en su ser como quienquiera y por eso es siempre probable que nuestro atisbo, el mío o el suyo, acierte medio a medio en el blanco o siquiera en parte de él. Podemos al menos intentarlo...

Fernando: Leí su *Elogio de la Locura*, de adolescente, en un volumen que no recuerdo de dónde salió y además no sé dónde se encuentra ahora, en cuál de los estantes, en qué rincón lo he dejado. Tal vez sea una de esas ediciones mexicanas populares dedicadas a los clásicos, unos engendros bibliográficos con cubiertas de papel e ilustradas con personajes dibujados en chillones colores como si fueran mariachis y para qué hablar de lo infame de las traducciones...

Erasmo: Importa poco lo de las traducciones. El mío no era un libro con pretensiones de estilo literario. Quizás peor, tenía pretensiones de prédica. Fui y soy hombre moderado que busca ingenuamente que predomine la razón. Pensé que podía evitar el desastre que se veía venir. Debo haberme dicho, no lo recuerdo, que mi libro amansaría siquiera algunos espíritus porque sin duda mi elogio de la locura no tiene nada de elogioso. Deseaba que los males que sufría la Iglesia se repararan a tiempo y conforme a razón, al buen sentido. Qué tontería. Se intentaba tal cosa desde al menos 200 años antes de mi época, sin éxito. ¿Iba mi librito a servir de algo, aparte de incrementar mi gloria?

Fernando: La locura tal como usted la describió y por su parte el entusiasmo, que tiene mucha mejor prensa, no son cosas tan distintas. He tenido la impresión, desde niño, que el entusiasmo está preñado de peligros, de excesos, de tonterías. Cuando veía a mis condiscípulos de colegio subirse a ese caballo salvaje empezaba yo a considerar adónde me iba a alejar para evitarme un empujón, un bolsonazo, una cachetada en la nuca, una patada en el poto... Comprendí que el entusiasmo suele ser el preámbulo de alguna forma de exceso, normalmente de violencia.

Erasmo: Nada más cierto. El entusiasmo entendido como puro vuelo espiritual es cosa propia de una minúscula porción del género humano y aun en estos casos suele dar lugar a excesos, como son la arrogancia, la soberbia. Por eso Lucifer fue arrojado a los abismos...

Fernando: Pero, por otra parte, lo cual se lo digo con experiencia, vivir sin entusiasmo, sin nunca tenerlo, resulta un ejercicio tedioso... la vida se convierte en un fardo que se arrastra por deber y necesidad... todo resulta insípido, aun los mayores triunfos... lo único que nos queda son los sentimientos que inspira o provoca el desastre, el peligro, la tragedia, las malas noticias ...sin entusiasmo no hay bálsamo para curar esas heridas...

Erasmo: Eso es verdad, pero, ¡qué mal bálsamo es el entusiasmo! Su efecto dura muy poco y deja aun más susceptible a los tropiezos. Agregue a eso los males que su uso acarrea. La idea de un entusiasmo medido, controlado, es una contradicción en los términos...

Fernando: Entonces, ¿qué hacer? ¿Cómo vivir sin sentir

la vida como un fardo pero al mismo tiempo evitando esos raptos enloquecidos que directa o indirectamente nos arrastran a los males?

Erasmo: Esa es la pregunta del siglo, del milenio, la que han intentado contestar todos los filósofos que dedicaron tiempo a resolverla, pero en vano. Los he leído a todos y todos sus remedios me suenan a hueco. Pedir calma, impasibilidad o desapego siendo la naturaleza humana como es resulta equivalente, como dice el refrán, a pedirle peras al olmo.

Fernando: ¿Entonces qué?

Erasmo: Entonces nada. No necesariamente una pregunta importante ha de tener por esa razón una respuesta valedera. Hay algunas que son incontestables. Hay otras que simplemente no tienen sentido. No sé cuál de ambos casos corresponde aquí... No hay una receta para evitar los males del entusiasmo y otra para evitar los males de la falta de entusiasmo. Nuestras vidas son un total desorden que sólo encuentra solución definitiva en la muerte... vive usted periodos de exaltación, luego cosecha lo que sembró en aquellos, en otros momentos vive agobiado, después hay lapsos más o menos indiferentes y en medio de esas alternancias y peripecias se pasa la vida y llega la muerte y se acaba el problema...

Erasmo de Rotterdam

XX

Marqués de Sade

(Del placer)

En nuestro mundo el Marqués de Sade murió en 1814, en *Charenton*, un asilo de lunáticos. En su juventud pretendió resolver por medios extremos el problema que Erasmo declaró insoluble y por eso su nombre suele estar cubierto de infamia al punto que de su apellido surgió el término "sadismo", expresión con la cual se denomina la condición de quien siente placer haciéndole daño al prójimo principalmente en el curso de relaciones sexuales, aunque el término se ha ampliado hasta denotar a quienquiera disfrute el infligir sufrimiento a terceros de cualquier modo y en cualquier ámbito y situación.

No necesariamente es o fue así en todos los infinitos universos paralelos que se acoplan al nuestro sin que seamos capaces de verlos, aunque a veces los intuimos en nuestro sueños premonitorios. Como es de esperarse, en infinidad de ellos el marqués simplemente no nació o murió en la cuna o se cayó del caballo a los 12 años y quedó idiota y/o paralítico o fue muerto en una batalla sin importancia y sin un nombre que la recuerde o entró a un convento y se hizo monje o fue un don Nadie a quien no conocía ni su madre, pero en otras infinitas variantes de universos el marqués hizo vidas muy parecidas a la del nuestro, a veces sólo diferentes en el más nimio de los detalles. En otras tantas ocasiones — infinitas, todo es infinito en la infinitud — las alternativas son muy diferentes. Sépase que hay infinitos dentro de infinitos dentro de infinitos dentro de...

Un mentalista que apareció más de una vez en Sábados Gigantes, versión Miami, tuvo la oportunidad de comunicarse con Sade durante uno de sus sueños. Hablamos de un Sade alternativo, no del nuestro. Sépase que en dicho estado, el onírico, todos nosotros, aunque sin saberlo y mucho menos con la conciencia con que lo hace dicho experto, deambulamos por mundos paralelos. Por eso, cuando son parecidos al nuestro y están algo adelantados en el tiempo, en ciertas oportunidades tenemos atisbos levemente distorsionados del futuro que nos espera.

A este caballero lo conocimos en Santiago de Chile, en un bar del centro de la ciudad que a veces frecuento. Allí trabamos conversación y al cabo de unas tres rondas — él con Martinis, yo con Jack Daniels — entramos a la etapa de las confidencias, confesiones y revelaciones.

Fue entonces cuando me contó que en un sueño donde deambulaba de un universo a otro terminó en uno en el que se topó con Sade. Ocurrió en una posada ubicada en el camino que conduce de París al Lyon de ese mundo. Corría el año 1813 y Sade había sido puesto en libertad hacía ya tiempo por falta de méritos. Su literatura pornográfica no estaba de moda y pocos se acordaban de él, menos aun de su fama. Puesto que es preciso ganarse la vida, el hombre trabajaba como agente de ventas de una pequeña editorial parisina especializada en textos religiosos. Justamente se hallaba de viaje hacia Lyon para contactar libreros de esa ciudad. Ya se ve el grado de detalle en sus averiguaciones que puede alcanzar un mentalista experto en el curso de estos viajes en medio de las sombras, de extraños universos, en la complejidad inabarcable de la creación.

El hombre cuenta que no bien descendió del carruaje de postas y entró a la posada con el ánimo de pedir una buena comida vio instalado a Sade – sabía de su apariencia como se sabe de todo en los sueños, simplemente porque sí – en una mesa al fondo del local, en un rincón, cerca de la chimenea, solo, encarando un plato de cordero y una jarra de vino. En el acto se dirigió allí y le solicitó permiso para sentarse en su compañía a comer y quizás compatir una jarra. Sade le dijo que con mucho gusto. Intercambiaron entonces las banalidades con que habitualmente se inicia una charla y al cabo de un rato el mentalista sintió que podía entrar en materias de verdadero interés.

De lo que hablaron trata este reporte.

Mentalista: Usted, en su época de popularidad o de fama, escribió una serie de novelas y ensayos en los cuales el centro de todo es el placer, específicamente el placer sexual.

Sade: Así es...

Mentalista: El tema me ha interesado siempre y muchísimo. Pocos pensadores ponen el placer en el centro de su examen de manera tan radical como usted y como el sentido de todo, de la vida, al contrario, cuando lo mencionan es como uno de los grandes peligros o tentaciones capaces de alejarnos de la felicidad...

Sade: Lo sé muy bien. Los he leído a todos. Epícteto, Zenón, los escritos orientales del Budismo, créame que estoy familiarizado con ese punto de vista...

Mentalista: ¿Y no está de acuerdo?

Sade: No lo estaba antes, pero lo estoy ahora. Sólo piense en lo que sufrí tanto en la Bastilla como después, en *Charenton*...

Mentalista: Permítame retroceder a esos años en que predicaba que la obtención de placer era lo único con sentido y en vistas a procurárselo estaba permitido aun el crimen, o al menos así era en alguna de sus fantasías...

Mi interés es saber cómo llegó a esa conclusión y luego cómo la abandonó...

Sade: Difícil recordar, rastrear con exactitud cómo uno llegó a cierta idea, los pasos sucesivos, todo eso. Sólo podría mencionarle algunos retazos, sólo los episodios que tengo claros... Por un tiempo, meditando sobre la naturaleza de la vida humana, traté de dilucidar qué cosas o fines tienen sentido en cuanto a procurarnos algo que no sea engañoso como sucede con tantas metas ilusorias que nos proponemos, tales como el ser esto o aquello, ganar tal o cual premio, recibir la aclamación de tus contemporáneos, etc. En esto último ya ve que estoy de acuerdo con esos filósofos; todas esas cosas son vanas, fuente de infelicidad, espejismos. Pero, me dije, hay una cosa que sí cumple con lo que promete, que realmente entrega lo que ofrece y esa entidad auténtica y no fantasmagórica es el placer sexual. Obtener placer sexual nos atrae poderosamente y cuando al fin lo conseguimos es verdadero, auténtico, existe, se hace realidad, no se evapora como hacen las ilusiones. ¡No es una ilusión!

Mentalista: La consideró, entonces, la única razón valedera de la vida...

Sade: Efectivamente. ¿Qué otra? Y una vez que se acepta ese punto, el resto cae por su propio peso. Una vez que se descubre lo único valioso, ¿con qué mérito o legitimidad algo no valioso puede interponerse para que dicho fin no se logre o sólo lo haga a medias? ¿Por qué someterse a leyes, a morales y costumbres que no son intrínsecamente valiosas? Cuando algo es absoluto, todo el resto necesariamente se hace relativo y haciéndose relativo cae en la inanidad porque su ser se sostiene en un espejismo, en el más y el menos, en sombras y engaños, a lo más en transitorios puntos de vista...

Mentalista: ...de ahí sus fantasías de sitios cerrados, mundos aislados, castillos imposibles de abandonar donde todos quienes han ido allí no tienen otra opción que obtener el máximo placer, así eso entrañe la tortura y muerte del prójimo...

Sade: Sí, de ahí vienen mis fantasías de esa clase. La del castillo es la materialización de un mundo gobernado por el imperio de un principio absoluto y sus consecuencias, que son el desvanecimiento y aniquilación de toda norma alternativa. Y consideré entonces que ser detenido a medio camino por consideraciones no absolutas era fruto de cobardía o ceguera, un insulto a la razón. Propiciaba yo el zambullirse cien por ciento, sin miedo, en el goce o busca del goce, sin miramientos...

Mentalista: Dicha lógica aparece como tan impecable que se pregunta uno cómo usted, su creador, la dejó de lado como me ha dicho que hizo eventualmente...

Sade: La dejé de lado del mismo modo como se deja de lado toda lógica con apariencia de impecable, a saber, experimentando en carne propia su falsedad. ¡Qué pobres son las abstracciones en comparación con la realidad! ¡Qué lejana e ilusoria llegó a ser esa idea del placer absoluto cuando el equivalente de frase tan pretenciosa y arrogante no era sino un ínfimo respingo de la carne, el estremecimiento de un segundo! ¡Y qué pobre ese placer de un instante comparado con la larga expiación y sufrimiento del dolor o injusticia infligido a otros por obtenerlo! Y no digo que yo haya jamás materializado los crímenes descritos en mis libros, eso es sólo literatura. Cometí sólo las bajezas usuales en esta clase de asuntos, ya las conocéis; el engaño, el doble juego, las promesas falsas, la adulación, la manipulación. Quién sabe qué más... No, no maté ni torturé físicamente a nadie, pero lastimé a muchos. Y entonces se experimenta lo que ninguna lógica puede despejar, el hecho de que ese daño no lo puedes borrar de tu mente con el raciocinio de que el sentir de los demás no te atañe porque tu único fin con sentido es satisfacer tus deseos. No, no se puede, yo no pude... Y dura.

Mentalista: Así entonces, esos viejos filósofos siempre tuvieron razón...

Sade: Sí. Lástima que sólo hacemos nuestro y aplicamos un principio cuando por haberlo violado experimentamos las penosas consecuencias... Mire a estos tipos que nos rodean, los que comen y beben y ríen y se alborozan. Casi todos ellos, qué digo, todos ellos se encaminan por su propio sendero a la infelicidad por perseguir si acaso no el placer sexual, cualquier otra cosa parecida que les parece fundamental, la razón de ser de sus pobres vidas...

Mentalista: Posiblemente tenga usted razón...

Sade: Puede apostarlo. Y ahora, si me permite, lo debo abandonar. ¿Ve a esa moza allá en el otro extremo de la posada, la que está sirviéndole una jarra a los parroquianos? Ya arreglé un negocio con ella que debo consumar en los próximos minutos, en mis aposentos. Un placer haberlo conocido...

Marqués de Sade

XXI

Santa Teresa de Ávila

(Del arrobo o el écstasy)

No sólo el placer "absoluto" que buscaba Sade es un fantasma, sino tan pobres, fugitivos, banales e inconducentes son casi todos nuestros estados mentales – incluyendo la vida mental de los genios, sólo diferente de la del vulgo por y durante breves instantes de resplandor – que no es asombroso el mirar con asombro y quizás también envidia los momentos de éxtasis experimentados por contemplativos de todos los credos y por drogadictos de todas las sustancias. Sospechamos, quizás sabemos, que en esos estados la mente alcanza, al fin, una justificación de nuestra existencia o al menos un arrobo jubiloso que lo justificaría todo. No pocos pretenden obtenerlo mediante el fácil procedimiento de recurrir a alucinógenos. ¿Lo obtienen? ¿Es lo mismo que lo logrado por San Ignacio de Loyola o Santa Teresa de Ávila luego de muchos ejercicios espirituales a lo largo de extensos lapsos de tiempo? Y aquello que se experimenta ya sea con drogas o con dichos penosos ejercicios, ¿tiene un valor intrínseco, es en verdad una revelación de dimensiones ocultas del mundo o del Ser que escapan a nuestro estado mental normal o sólo se trata de alucinaciones, de fantasías? Y aun si esto último es lo real, ¿cabe por ellos descalificar, devaluar y rechazar esas experiencias por el hecho de que reflejarían no el Ser sino sólo nuestro ser?

De su afición al opio escribió abundantemente (*Confessions of an English Opium-Eater*) un literato aficionado a dicho producto, Thomas de Quincey. Aldous Huxley escribió también sobre drogas y su consumo. De los escritores aficionados al alcohol no vale la pena siquiera intentar hacer mención porque siendo innumerables casi coinciden con la lista completa. Pero, por lo demás, ¿quién no es aficionado a alguna clase de droga, literato o no, genio o persona común?

Dijo Huxley:

Nos amamos al punto de la idolatría, pero también nos detestamos intensamente — nos encontramos indeciblemente aburridos. Relacionado a ese desagrado para con nuestros yoes idolatradamente venerados, hay en todos nosotros un deseo, a veces latente, a veces consciente y apasionadamente expresado, de escapar de la prisión de nuestra individualidad, un impulso, impulso de la autotrascendencia. Es a este impulso al que le debemos la teología mística, los ejercicios espirituales y el yoga — a él, también, debemos el alcoholismo y la dependencia a las drogas.

Así pues estamos en presencia de una huida casi universal desde el estado de conciencia normal hacia cualquiera otro, sea la visión trascendente del Creador o el simple aturdimiento que provee el alcohol y en ocasiones el delirio de la auto destrucción, el de cortejar la muerte para soltar adrenalina o hundirse en placeres que bien sabemos o al menos sospechamos van a destruirnos. Huimos de esa conciencia normal porque la vida normal es digna de huida. Y esa vida normal es digna de huida por la pobreza de nuestra conciencia de ella. De ese círculo vicioso es casi imposible escapar.

En busca de una legitimación de dichos estados extraordinarios, quienes profesan cultos místicos nos dicen que es posible, aunque difícil, no sólo regodearse con y en exquisitas fantasías sino, mucho mejor, contemplar la divinidad o sumergirse en ella, hacerse parte de ella. Los psicólogos clínicos tienden a desdeñar esa posibilidad. Explican esos estados de conciencia como resultado de mecanismos neuroquímicos desatados por las drogas o en otros casos por dolencias, incluso por simples sublimaciones de represión sexual.

Una de las confesiones de Santa Teresa de Ávila sobre sus estados espirituales se ha prestado mucho para este último tipo de análisis. Contó la santa:

"Vi en sus manos una larga lanza de oro y en su punta

parecía haber un pequeño fuego. Me pareció que la clavaba a intervalos en mi corazón y rompía mis entrañas. Cuando la sacó me dejó ardiendo con un gran amor por Dios. El dolor fue tan grande que me hizo quejarme y sin embargo tan enorme era su dulzura que no quería librarme de él..."

Vaya a saber uno de qué trata verdaderamente la cosa. Intentando averiguarlo y pese a mi agnosticismo recé sostenidamente para invocar la presencia o siquiera ayuda de la Santa. Siéndolo, supuse que tiene capacidad para materializarse donde se le dé la gana y aun frente a un descreído. Lo hizo, en efecto, una noche. Dormitaba yo en mi sillón de lectura cuando una señora con una vestimenta de blancura resplandeciente se hizo presente frente a mí. No andaba con la lanza. Ni por un instante sentí pánico porque emanaba de ella tal dulzura que si acaso en mi alma hubo un inicio de terror, este fue arrancado de cuajo antes de percibirlo. Toda nuestra charla se llevó a cabo mentalmente y sólo aproximadamente, dentro de las limitaciones del lenguaje, ofrezco aquí una pobre traducción.

Fernando: ¡Señora, existes y por ende todo lo demás, Dios, Jesús, el Cielo, los arcángeles, el equipo completo! Tendré que revisar mis concepciones sobre el Más Allá.

Santa: No lo dudes ni por un instante, todo eso existe...

Fernando: En ese caso ya sabe, señora, lo que quiero

saber, aunque su sola aparición es en cierto modo una respuesta a mi pregunta.

Santa: ¿Era tu pregunta cuál es la naturaleza de lo que se contempla en el rapto de éxtasis?

Fernando: Más o menos eso, sí...

Santa: Pues nada especial...

Fernando: ¡Pero es un éxtasis y dura toda la eternidad!

Santa: ¿Qué es duradero? Si está dentro de la eternidad, no hay experiencia de la duración; si experimentas duración entonces es un transcurso de tiempo y por tanto lapso limitado que termina tarde o temprano tal como otra experiencia cualquiera. Y entonces no es eternidad...

Fernando: ...¿Y el éxtasis? Al menos, sea duradero o eterno, se contempla la faz de Dios...

Santa: La faz de Dios es un perfecto vacío. Te digo que nunca se la he visto. El meollo de la experiencia mística es el silencio, una tibieza en el pecho, cierta paz, todo muy grato por un rato. Luego uno, sin quererlo, se hace la pregunta "¿y ahora qué?". Es un alivio cuando me convocan, como tú has hecho; me saca de esa rutina.

Fernando: ¿Y entonces a qué viene todo? ¿Ni siquiera en la otra vida hay un final absoluto, una respuesta total, un sentido?

Santa: La otra vida es una vida y por tanto, con quizás algunos beneficios extras, se le presentan a uno las mismas preguntas, la misma sensación de insatisfacción por no haber un fondo, un final, un sustrato que le dé sentido a todo. ¿Por qué crees que Dios encarna en nosotros? Hay que distraerse con alguna cosa...

Fernando: El arrobo, entonces, no sirve de mucho...

Santa: Es como cualquier otra experiencia, grata en este caso pero fugitiva y sin fondo. El fondo del fondo del fondo es el vacío, sitio donde nunca se encuentra nada...

Santa Teresa de Ávila

XXII

San Francisco de Asís

(De la compasión)

Animador: Señoras y señores tele espectadores, muy bienvenidos, gracias por estar como siempre lo estáis en nuestra sintonía y apréstense a recibir una gran pero gran sorpresa... Sí señoras y señores, esta noche les tenemos un invitado muy especial. ¡Será algo realmente único! Hablamos de una visita extraordinaria por donde se la mire. Alguien que al igual que el *Cristo del Elqui* del gran Nicanor Parra "no necesita presentación". ¡San Francisco de Asís! ¡Sí amigas y amigos, lo que oyeron! Y desde ya muchas gracias a los auspiciadores que nos hacen posible expresar debidamente nuestra Fe y esta conversación con el santo... Vamos a comerciales y ya volvemos...

...ya estamos de vuelta con la seguridad de que este programa es toda una novedad y encantará a grandes y chicos. Y ahora, al fin, entra al set nuestro invitado... ¡Música maestro! ¡Con ustedes San Francisco de Asís!

San Francisco (entrando y sentándose. Muchos aplausos): Gracias, muchas gracias, feliz de estar aquí...

Animador: Y nosotros de tenerlo en el programa... Un honor.

San Francisco: El honor es todo mío considerando lo prestigioso de su programa. No me lo pierdo.

Animador: ¡Muchas gracias! Y entrando en materia, don Francisco, ¿me permite nombrarlo así nada más, como don Francisco?, entrando de inmediato en materia digo, porque el tiempo en televisión es escaso, estoy seguro de que al público le gustaría saber cómo, porqué y cuándo usted decidió llegar a tales extremos de bondad, incluyendo su trato con los animales, por lo cual le han conferido el título de santo, muy merecido por lo demás...

San Francisco: Eso de santo es una exageración, qué quiere que le diga... Viene la gente y te pone un membrete y ya está, no hay nada que hacer... Uno hace lo que le parece que debe y eso es todo. Después resulta que alguien te califica así o asá. ¿Qué tiene de extraordinario ayudar a un tipo que delante de ti se muere de frío o en otra ocasión alimentar una paloma? No quisiera decirlo, pero el hecho de que cosas tan simples se conviertan en algo inusitado que merece el título o calificativo de santidad me parece increíble...

Animador: ¡No sea tan modesto, San Francisco, perdóneme que ahora lo llame así, con el "San" incluido, pero eso de sacarse la camisa para cubrir al desnudo y hablarle a las palomas es cosa poco usual...!

San Francisco: Puede ser poco usual, pero eso no me convierte en santo.

Animador: ¡Santo, señor, usted es un santo!

San Francisco: Qué esperanza... Mire, veámoslo al revés; no es que yo sea santo, sino que la gente se ha alejado de la bondad natural y normal que todo ser vivo debiera sentir por otro. Hasta en los animales se observa en ocasiones un atisbo de dicho sentimiento. De vez en cuando se ve una leona cuidando las crías de un animal de otra especie. O una perra amamantando gatitos. Es raro, pero se ha visto. Y desde luego todos nosotros, salvo monstruos, hacemos eso con nuestros hijos. ¿Por qué ese sentimiento ha de restringirse a nuestras crías? ¿Por qué no compadecerse de cualquier criatura? ¿Acaso no sufren? ¿Cómo quedarse impávido frente a eso?

Animador: Don Francisco, permítame ahora llamarlo así, vamos a ir a una breve pausa comercial y ya volvemos...

...estamos de regreso con San Francisco, nuestro gran invitado de esta noche, quien nos ha dicho que no hay tanta gracia en desvestirse para cubrir al necesitado ni tampoco el alimentar palomas y que eso de ser llamado santo es una exageración, pero ya tenemos llamados telefónicos de nuestros tele espectadores y ellos no están de acuerdo, San Francisco, permítame llamarlo así, e insisten en su santidad...

San Francisco: Pero qué porfiados, perdónenme que sea tan franco...

Animador (interrumpiendo a San Francisco): ...ya sea que lo llamen santo o no, usted es persona especial porque no todos tienen su actitud ante la necesidad ajena, humana o animal, de modo que permítame preguntarle cómo llegó a eso... O en otras palabras, qué lleva a la compasión, porque ese es el nombre de su actitud ante el mundo, ¿no es así?

San Francisco: En eso estamos de acuerdo: se llama compasión, a veces también se habla de piedad. También podría llamarse caridad aunque no es exactamente lo mismo, diría que la caridad es la parte activa de la compasión, lo que se hace luego de sentirse compasión o piedad. Es una de las virtudes que profesa y predica la santa Madre Iglesia. ¿Qué lleva a la compasión, me pregunta usted? No estoy seguro que sea la pregunta correcta, esto es, que sea algo a lo que "se llega" porque algo nos lleva, en vez de ser, como lo es, un estado en el que siempre se está, siempre, aunque en grado mayor o menor. Lo que sucede, creo yo, es que en muchos casos ese territorio, en el que toda la vida siempre se ha estado, se achica y en algunos casos hasta desaparece por completo... Sucede a menudo que el egoísmo y la mezquindad van ganando terreno. A mí me parece propio de la naturaleza de lo que está vivo y tiene algún grado de conciencia el ponerse en el lugar de los demás, esa es la compasión, meterse en el pellejo del otro, meterse en sus zapatos, lo cual normalmente se hace en muy tibio grado y a menudo sólo en muy pocas ocasiones, pero ahí está de todos modos, es un rasgo intrínseco de la naturaleza humana aunque puede disminuir...

Animador: La compasión, dice usted entonces, es ponerse en el lugar del otro o de otros, incluso de una paloma...

San Francisco: Sí, de eso se trata. Usted ve el sufrimiento de un ser vivo y se imagina cómo es estar en su lugar. Cuando veo a alguien desnudo que pasa frío me pongo en el lugar de él no sólo imaginando cómo es sentir frío en ese momento, sino además imagino cómo es el sentir frío y que nadie te preste ayuda, la sensación de abandono sumada al frío. Y una vez hecho ese ejercicio, ¿cómo quedarse impávido? ¿Cómo no sentir piedad? ¿Cómo no darse cuenta que somos la misma cosa?

Animador: ¿La misma cosa?

San Francisco: Así es. Los hindúes lo dicen muy bien: "tú eres eso". Es uno de sus refranes. Significa que cada uno de nosotros es en el fondo cada uno de los demás. Nuestra separación como individuos es ilusoria. Eso dicen los hindúes... Les encuentro razón...

Animador: Ahí confieso que me pierdo un poco...

San Francisco: No debiera perderse porque en realidad es muy simple. La compasión, la lástima si quiere decirlo así, es tan natural que a menudo la sentimos aunque luego de sentirla no hagamos nada al respecto. Preferimos olvidarnos porque hacer algo positivo tiene un costo. La gente dice "me da pena" tal o cual cosa, pero hasta ahí llegan, aunque al menos por un momento sienten esa pena. No la sentirían si realmente fuéramos individualidades separadas unas de otras. Así ocurre entonces que llaman "santo" a quien sencillamente da un paso adicional a ese sentimiento de compasión y hace algo por el que sufre y luego, ya que ha hecho alguna cosa por aquella criatura, se dice "¿y por qué no con esta otra?" y así sucesivamente y es entonces que te califican como santo. Santo eres porque no sabes dónde poner límite a tu compasión y caridad una vez que empezaste. ¿Me preguntaba usted como llegar a eso? Ahí lo tiene,

sencillamente continuando un poco más por el camino
que iniciaste con ese primer paso...

XXIII

El Papa Francisco

(De la Fe)

Todos lo sabemos: cuando se habla de la "fe del carbonero" se hace referencia a alguien que acepta de buenas a primeras y para siempre todo lo que se le dice. El origen de esa frase, según afirman algunos investigadores, se remonta a la España del siglo XV, época y lugar donde y cuando se narraba la siguiente anécdota.

El Diablo, contaban, siempre gustoso de confundir a los cristianos, se habría acercado a un trabajador del carbón y le habría preguntado "¿Tú, en qué crees?".

— En lo que cree la Santa Iglesia — le respondió.

— ¿Y qué cree la Iglesia?

— Lo que yo creo.

— Pero, ¿qué crees tú?

— Lo que cree la Iglesia...

Y de ese raciocinio circular nunca salió y el diablo se tuvo que mandar cambiar porque con ese fulano no iba a llegar a ninguna parte..

Esa sería "la fe del carbonero", pero, ¿cuál fe no participa de dicha cualidad? ¿No es intrínseco a su naturaleza el poner total crédito en la existencia y/o validez de algo de lo que no hay prueba, esto es, ante lo cual estamos ciegos de visión y de entendimiento? Porque si, al contrario, podemos ver la manifestación física y/o llegar a una prueba lógica de la existencia de lo que se nos propone, entonces no necesitamos la fe porque ahí está la prueba, ahí está el argumento. En breve, el carbonero del cuento no agregó ni quitó nada; tener fe es en todos los casos aceptar como indudable aquello de lo cual no hay prueba ninguna. Toda fe es ciega y podríamos agregar que también sorda y muda.

De todas las que la humanidad tiene o ha tenido en stock, las más importantes por sus consecuencias han sido y son las fes religiosas y políticas que han afirmado, en el primer caso, la existencia de un Dios Supremo y en el segundo la futura existencia de un paraíso aquí en la Tierra para cuya materialización se requieren tales o cuales iniciativas y una que otra matanza. Ambas variantes han concitado el apasionado interés, acatamiento y eventual fanatismo de millones de personas, plasmado el espíritu de enteras civilizaciones y causa de brutales choques entre sus feligreses. Las guerras nacidas de motivos religiosos – aunque siempre mezclados con otros – han sido las más desastrosas y no muy distinto es el caso de las libradas por diferencias ideológicas. La causa de su intensidad es que no se desarrollan por una razón o interés particular, sino por una convocatoria que compromete los valores, emociones, deseos e identidades de los combatientes. Una creencia de la magnitud de una visión religiosa o ideológica no postula simplemente que tal o cual entidad de provecho existe y vale la pena hacerse de ella, sino abarca la totalidad de los intereses, emociones y esperanzas de sus seguidores.

La mecánica psicológica de la fe extrae su fuerza del acto mismo de creer porque no se sustenta en evidencias sino en la voluntad de creer porque conviene hacerlo. Eso le da su fuerza, pero también la hace intrínsecamente frágil. Siendo la emoción y el interés – o la emoción DEL interés – entidades cambiantes, tras la más feroz afirmación alienta la duda y aun más si enfrenta otra fe. La existencia de competidores les resta carácter absoluto a todos los competidores porque la Fe sólo vive en el absoluto; toda relatividad la carcome. De ahí un estado de ansiedad que sólo puede contrarrestarse con la destrucción de los que dudan y/o la aniquilación de la Fe contraria. Esa es la raíz de la furia del enfrentamiento entre distintas fes porque no se trata sólo de una confrontación de opiniones sino de un choque de identidades, una lucha por la supervivencia del ego.

Todo eso le dijimos al papa Francisco en la audiencia que nos concedió luego de hacer lobby por más de un año y aceitar algunas manos porque la Curia, después de todo, está conformada por seres humanos, no por arcángeles.

El papa Francisco me oyó decirle todo eso y acabada mi exposición comenzamos a charlar. Y estas fueron, aproximadamente, las cosas que se dijeron.

Papa: Muy bien expuesto, Fernando. Y creo que tienes toda la razón...

Fernando: ¿No lo hace dudar de su fe o al menos ponerla entre paréntesis?

Papa: Para nada, che... Mirá, hay que distinguir entre el contenido mismo de la Fe y las implicaciones o efectos psicológicos que pueda tener... efectivamente hay mucho creyentes que terminan en el fanatismo y, como lo vemos hoy en Medio Oriente con los fundamentalistas islámicos, en el crimen, pero insisto que eso no siempre y necesariamente invalida la Fe...

Fernando: La fe no puede validarse o invalidarse porque carece de manifestaciones que puedan ser comprobadas... la existencia de Dios, por ejemplo, es el caso principal... ha habido quienes han pretendido ofrecer raciocinios demostrativos de su existencia, pero se han comprobado como sofismas... Y en todo caso, de ser valederos, entonces usted no necesitaría "fe"; usted sabría que hay Dios.

Papa: Eso es muy cierto, pero hay fes y fes... La nuestra no es cualquier fe. No es la fe de que tal o cual persona hará esto o aquello. No es la fe en algo perecedero y frágil. La nuestra tiene la fuerza de convicción que otorga la majestad de su objeto, el sentimiento compartido por tantas culturas de que esa Presencia existe, intuición poderosa e indesmentible, un anhelo de todos nosotros por algo superior. No tenemos un conocimiento científico de eso, pero, ¿qué es el conocimiento científico? Simplemente uno que se obtiene haciendo experimentos, observando fenómenos y midiéndolos, lo cual, por definición, está mucho más acá de la esfera de la Presencia Divina. Esta trasciende lo fenoménico, lo medible, visible y audible. Hay mucha arrogancia en pretender negar a Dios simplemente porque no aparece en una redoma de laboratorio...

Fernando: En esto último, Papa Francisco, no puedo sino estar de acuerdo con usted. Dios, de existir, es una presencia trascendente que no se puede detectar con un microscopio. El problema no es Dios sino los hombres. ¿No se pueden quedar tranquilos con sus creencias? ¿Han de ir a matar a los infieles?

Papa: Claro que no debieran, pero eso tiene que ver con los hombres, no con Dios. El hombre es criatura frágil, temerosa, oportunista, repleta de rabias, rebosante de ambiciones y con odios paridos contra todo lo que se interponga en su camino o le haga sombra. De ahí que cualquier cosa, no sólo la religión, puede parecerle que le da motivos para asesinar a alguien. Y está la codicia. Me pregunto cuántos cruzados fueron a Tierra Santa por la fe y cuántos por hacerse de propiedades inmobiliarias. Pero hay además otra cosa, Fernando, que debes considerar...

Fernando: ¿Cuál?

Papa: ...debes considerar el hecho de que sin fe la vida no vale la pena... ¿qué hace el hombre sin fe? ¿Qué lo inspira? ¿Qué lo hace tolerar las penalidades, la vaciedad de esta vida, de cada una de sus ilusiones y deseos y placeres, la malicia y bajeza del prójimo? ¿Qué lo mantiene en pie? Respuesta: alguna fe. ¿Y qué mejor fe, cuál más poderosa que la fe en otra vida? ¿Qué mejor consuelo? Velo de otro modo: ¿qué gana el hombre que, por aparecer como inteligente, destruye el piso mismo donde posa sus pies?

Fernando: Debe entonces engañarse con una fe que le permita hacerse una ilusión eficaz, ¿eso me dice?

Papa: Aquí entre nosotros y guárdame el secreto, che, sí...

Fernando: ¿Eso incluye su propia Fe? ¿Es para usted el medio que le permite seguir cascando?

Papa: No hay que preguntarse demasiado sobre esas cosas, si acaso uno pisa suelo firme o va caminando sobre una cuerda floja... podrías perder el equilibrio.

Fernando: Sospecho que usted no cree en Dios.

Papa: Creo en Dios padre todo poderoso creador del cielo y de la tierra y una vez creído eso no vale la pena seguir haciéndose preguntas. Y después de todo soy el Papa. Recibe mi bendición y vete en paz...

Pablo Sámano

XXIV

La Mona Lisa

(De la tristeza)

De la tristeza que no sea un pasajero estado de ánimo suscitado por una mala noticia, desgracia o tragedia o por el recuerdo de dichos males, sino al contrario, un sentimiento permanente a veces suave y casi imperceptible y a veces grave y notorio, quizás no haya mejor representación que la sonrisa de la bella mujer del cuadro de Leonardo da Vinci llamado *La Mona Lisa*, aunque no suele verse de ese modo. No se le adjudica, como aquí acabamos de hacer, ninguna expresión determinada. Al contrario, se habla de lo "enigmático" de dicha sonrisa. Presuntamente no se sabe qué significaría. ¿De qué se sonríe?, preguntan. Y además, ¿quién era la Mona Lisa?

De esto último parece haber menos misterio. Hoy se cree que es la pintura de la mujer de Francesco Bartolomeo de Giocondo, doña Lisa Gherardin, nacida en 1479 y fallecida en 1542. Sin embargo lo difícil o hasta imposible de determinar es si esa era su sonrisa o así la pintó Leonardo para expresar su propia sonrisa. Bien podría ser entonces la sonrisa de Leonardo, pero de quienquiera sea sigue hablándose del enigma.

Este autor la vio en directo en el Museo del Louvre, donde se exhibe la pintura original, sin que le cupiese ninguna duda acerca del significado. Evidente le pareció desde el primer momento y le sigue pareciendo hoy; lo que le parece enigmático es que se la califique como un enigma. Quienquiera haya mirado esta pintura, ya sea en el museo o en alguna buena reproducción, sabe que la Mona Lisa lo sigue a uno con su mirada como si quisiera comunicarnos algo, aunque no a todos sino sólo a quienes la miramos con atención. Y eso que comunica no es o no debiera ser un secreto para nadie porque en verdad su significado es muy claro y para captarlo sólo basta un poco de empatía. Por eso supe – ¡o al menos creo saberlo! – en el acto de qué se trataba: supe que esa sonrisa expresaba la suave tristeza del que ya viene de vuelta de todos los caminos de la vida, de quien ha probado su poca sustancia, ha experimentado la vanidad y a menudo ferocidad de nuestra raza y se ha sobradamente enterado de lo transitorio de la belleza y aun de lo sublime. En esa sonrisa, estuve y estoy seguro, habita el desencanto ya asumido y hasta mirándose a sí mismo con una brizna de humor, quizás también con algo de desdén. Eso me trasmitió dicha sonrisa, ya fuera la de Lisa Gherardin o haya sido de Leonardo.

Tengo en mi casa una excelente reproducción de la Mona Lisa que contemplo a menudo. A veces me sucede lo que a todos cuando se fija por largo rato la vista en un objeto; el entorno se hace vaporoso y sin haberlo buscado nos sorprendemos en un estado de conciencia muy extraño. En esos momentos siempre me parece que la Mona Lisa se ha movido, que acaba de hacer más pronunciado el pliegue de su boca y me ha guiñado un ojo y con ese gesto me está diciendo que sí, que de eso trata su sonrisa pero importa poco que salvo tú nadie lo haya notado, no te preocupes Fernando, estás en lo cierto, no te importe la opinión de los especialistas, no te importe el juicio de nadie, no vale nada, ¿por qué crees que me sonrío del modo que adivinaste?, pero además no olvides que todo lo que nos rodea es sólo un pasajero sueño.

Y bien que lo dice porque desde 1542 ella está durmiendo en su posible tumba del convento Santa Úrsula, en Florencia, de regreso al vacío, a la nada que la precedió. A la paz.

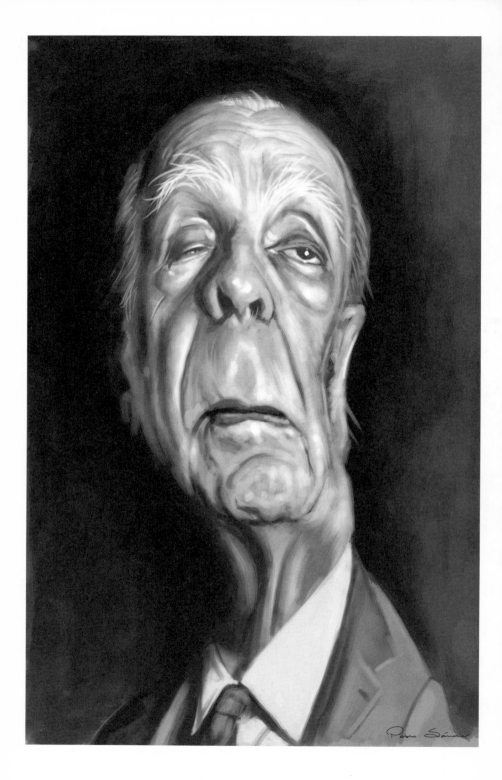

XXV

Jorge Luis Borges

(Del olvido y la memoria)

Hay muy pocas entrevistas y/o apariciones audiovisuales de Jorge Luis Borges y todas se celebraron en un ambiente y con un tono académico o casi académico, muchas de ellas posiblemente pagadas; no se puede esperar y pretender que los literatos vivan de maná caído del cielo. Para Borges no habría sido posible otro formato porque su desprecio por la cultura de masas y los medios de prensa era absoluto. En esto, como en tantas otras cosas, Borges fue una excepción. Nunca sería parte de la camarilla que ganó gloria y popularidad durante el llamado "boom literario" de lo años sesenta y siguientes − García Márquez, Vargas Llosa, Osvaldo Soriano, Ernesto Sábato, Julio Cortázar, etc. − y que hizo de sus miembros no sólo figuras literarias de peso y sustancia, sino también voceros reales o ilusorios de miradas culturales y/o políticas normalmente cargadas a

la izquierda, figuras del entertaiment, ídolos estudiantiles
e íconos de la cultura latinoamericana.

Borges estuvo al margen de todo eso. Nunca quiso
"pertenecer". De haber querido integrarse a la fiesta
habría sido rechazado como cuerpo extraño porque
jamás ocultó su elitismo, su desdén por los movimientos
políticos multitudinarios y su conservadurismo nacido
menos del interés de clase que del escepticismo.
Inmenso era su desprecio por la figuración en el medio
exaltado del periodismo literario de esos años y las
algaradas estudiantiles con tufo a revolución y lucha anti
imperialista. En eso se diferenció radicalmente de sus
colegas porque, por lo general, los escritores pertenecen
a una sub clase de intelectuales especialmente adictos a
refregar sus hombros con la onda cultural a la moda, el
poder y la notoriedad.

Hay, sin embargo, otro elemento diferenciando a Borges
de sus aclamados colegas y es algo mucho más profundo
que una cuestión de gustos, posturas políticas y de
temperamento. Borges no sólo no expresa, como estos
últimos, la zalagarda y modismos de nuestra época, sino
hasta cierto punto fue una reencarnación del "polímata"
del siglo XVI, XVII o XVIII. En otras palabras, no era
un escritor que pensaba sino un pensador y erudito
que escribía. Hay en él mucho del viejo Montaigne y del
más nuevo Umberto Eco, pero nada o muy poco de los
Cortázar o los Vargas Llosa que se pasean o pasearon
por los medios y los paraninfos discurseando sobre

cuestiones de "candente actualidad".

Todo lo dicho hasta aquí vale para el Borges que conocemos, el nacido en 1899 y muerto en 1986. El Borges con quien conversaremos del olvido y la memoria es uno que habita no en un universo paralelo — aunque desde luego hay infinitos Borges en esos infinitos universos — sino en el paralelo mundo de mi imaginación; es un Borges tan talentoso y erudito como el original pero dotado de ciertas gracias o desgracias mundanas. Mi Borges bebe en abundancia y cuenta chistes salaces aunque sigue siendo el mismo señor refinado y despectivo que a la vista de las masas piensa — pero no lo dice — "que les den por culo".

En la barra del bar del Alvear Palace de Buenos Aires mantuvimos la siguiente conversación.

Fernando: Un placer conocerlo en persona, don Jorge. Admiro enormemente su literatura. Su fino humor, elegancia, inteligencia y erudición no tienen par. Confieso que su escritura me gusta mil veces más que las magias del señor García Márquez y los juegos del Cortázar y la logomaquia de Vargas Llosa.

Borges: Gracias, señor, pero no mire en menos a esos escritores, quienes hacen lo que pueden...

Fernando: Una de sus más notables historias por lo original e intrigante es "Funes, el memorioso". Sabemos que no puede existir vida humana o de hecho cualquier clase de vida sin memoria, pero con su cuento se nos hace evidente que tampoco es posible vivir con una memoria total, perfecta... sin memoria no puede haber inteligencia, pero con absoluta memoria no puede funcionar la inteligencia.

Borges: Sí, es tal como usted dice... ni yo hubiera podido decirlo mejor... Dicho sea de paso, ya lo sabían y expresaban lo sabios de la antigüedad clásica con eso de "nada en exceso". Vale para la memoria y para todo. A propósito de excesos, espero no crea que caigo en uno si le digo que no puede existir memoria sin olvido...

Fernando: ¿Podría elaborar?

Borges: Una memoria total sería abrumada por tal cantidad, quizás infinita, de recuerdos, que no sabría usted por dónde empezar a recordar para la tarea del momento en que necesitamos hacerlo... es precisamente el caso de Funes... cuando debemos ponernos en acción no tendríamos ocasión de hacerlo en el momento oportuno, perdidos como estaríamos en ese laberinto infinito...

Fernando: Ese es un excelente argumento operacional, esto es, el hecho de que necesitamos deshacernos de lo irrelevante o no podríamos siquiera empezar a movernos, pero hay algo aun más de fondo... Quizás usted esté de acuerdo conmigo en que siendo la vida como es, un catálogo de calamidades, resulta de absoluta necesidad olvidar lo más posible de ella para tener o adquirir ganas y energías para proseguir bregando. Sin esperanza no mueve uno un dedo, pero para tenerla hay que olvidarse que generalmente no hay mucho que esperar...

Borges: Asume usted que lo mayor parte de lo que nos sucede es poco placentero y tiene toda la razón. Lo que se suele decir acerca de lo maravilloso del período de la infancia de seguro tiene que ver con lo muy poco que recordamos... de recordársela en su plenitud tal vez no nos apresuraríamos a hablar de sus encantos...

Fernando: Dicho sea de paso, de toda mi infancia dudo que tenga en memoria un número suficiente de recuerdos para llenar dos carillas... me restan dos o tres clips visuales de unos segundos de duración y el resto, además, sospecho que lo he reconstruido una y otra vez...

Borges: Recordar es reconstruir. Posiblemente la mayor parte de esos recuerdos que creemos fieles aunque parciales reflejos del pasado no son sino constructos resultantes de numerosas elaboraciones posteriores a los hechos... recordamos una vida que nunca existió o apenas existió...

Fernando: Esa reconstrucción, así como el olvido, es también una de las maneras con la cual nos animamos para seguir viviendo. Llegamos al extremo, con el tiempo, de convertir una chambonada en un acto épico. Parto de la base, señor Borges, que el 90% de nuestra experiencia está hecha de frustraciones, desilusiones, desencantos y derrotas o nunca nadie habría hablado jamas del "valle de lágrimas".

Borges: No lo dude ni por un instante... piense usted que en el curso de mi vida no hago principalmente sino leer y como sabe me estoy quedando ciego... Sospecho que si hubiera sido pianista me aquejaría la artritis. Y a propósito de memoria, he olvidado quién dijo "no he tenido ni siquiera un día feliz en toda mi vida", pero sea quien sea que lo dijo, suele ser cierto... si lo desea puede agregar un par de semanas y sigue siendo una minucia.

Fernando: Su personaje, Funes el memorioso, recordaba cada cosa que había experimentado en su vida, lo que es un infierno. Olvidarlo todo, como sucede con ciertos enfermos, también lo es. Lo que hacemos los mortales comunes y corrientes, recordar apenas y olvidar casi todo, parece ser la fórmula para seguir viviendo...

Borges: Vea usted... somos como fulanos que avanzan por una cuerda floja pero simulan creer que pisan suelo firme... ay del que mire demasiado, del que piense demasiado y del que recuerde demasiado...

Jorge Luis Borges

XXVI

Martin Heidegger

(Del tedio)

A propósito de ceguera, la que el lector común y corriente siente frente a la obra de ciertos autores puede sobrevenir por una de dos opciones: o por haber sido arrojado en medio de la más profunda oscuridad o porque ha sido deslumbrado por el más brillante resplandor. Con Heidegger no se sabe cuál de las dos es la causa, pero el resultado es el mismo: sencillamente no se entiende qué diablos quiere decir. Léase, como ejemplo de eso, lo que Heidegger dice de ese estado de ánimo − o del ser − tan común, tan tóxico y tan conocido por todos nosotros, el tedio, el aburrimiento.

Es el tedio, dice, "el anulamiento a cargo del horizonte temporal, anulamiento que hace que se pierda el instante que pertenece a la temporalidad, para, en tal hacer que se pierda, forzar a la existencia anulada al instante como la posibilidad auténtica de su existir".

Heidegger ha sido considerado — y quizás todavía lo es — uno de los filósofos más grandes de todos los tiempos y ciertamente del siglo XX. Es también el más incomprensible. Sin embargo aun el lector que no entiende nada de lo que Heidegger afirma al menos vagamente intuye que no es que el filósofo diga "en difícil" lo que otra pudiera expresar con más claridad y/o que haya una oscuridad intencional para pasar gato por liebre, sino capta el haber allí profundidades auténticas, modos de preguntarse las preguntas de siempre que escapan a lo que podríamos llamar "el sentido común" de la filosofía, la manera como ésta se suele plantear los problemas.

Véase el caso del "tedio". La respuesta simple, comprensible, quizás aparentemente exhaustiva, es que el aquejado por el tedio es quien ha perdido interés en algo y se encuentra atrapado en el espacio temporal y limitado — pero que simultáneamente se vive como interminable — que media entre el interés que se perdió y el nuevo que aún no aparece. A eso Heidegger diría — tal vez — que esa es una manera subjetiva de "ver" el tedio, no una determinación ontológica de él. En efecto, ¿en qué consiste ese espacio temporal intermedio? ¿Ese estado de suspensión entre dos intereses? Y se preguntaría además por el interés. ¿Qué es el interés? ¿O no preguntaría nada de todo eso? ¿Hemos entendido qué diría Heidegger? En fin, mientras tanto del tedio sólo sabemos una cosa: es una peste.

Hay una entrevista que se le hizo a Heidegger un mes

antes de su muerte, ocurrida en 1976, siendo el tema precisamente el aburrimiento. La celebró una cadena de televisión – NBC – que quiso "acercar al público norteamericano a este gran pensador europeo". Se pregunta uno en qué estaban pensando los ejecutivos de la NBC. Heidegger se esforzó, realmente lo intentó, pero el resultado, aunque más comprensible de lo que con él era normal, no fue del gusto del editor y la grabación nunca se hizo pública y quedó sepultada en un archivo. Luego y con el paso de los años y para dejar espacio a material más reciente la depositaron en una bodega y finalmente, por su antigüedad y la misma razón, la falta de espacio, pero además porque nadie se acordaba de nada, fue a dar al basurero, lugar donde esperaba apaciblemente la llegada del camión municipal. Fue cuando la rescató un empleado de la cadena que estudiaba filosofía. La cinta de vídeo ya no servía de nada, se había deteriorado demasiado, pero había un texto con la transcripción. Es en esta que se basan las siguientes líneas.

Presentador: Buenas noches amigas y amigos de la cultura, bienvenidos. El programa de hoy es realmente un lujo. Hablaremos nada menos que con el filósofo más importante del siglo, Martín Heidegger. Míster Heidegger no es hombre que frecuente los medios de comunicación, pero lo convencimos de hacer una excepción. Y ha aceptado. Le reitero mis agradecimientos.

Heidegger: No es nada...

Presentador: Señor Heidegger, un mal que aqueja a todo ser humano desde siempre y que está sumamente documentado, incluso en la literatura, es el tedio. En la filosofía existencialista aparece como la "náusea" o al menos así la bautizó Sartre. Es un lapso durante el cual se siente disgusto por vivir, el estar presente en medio de un mundo que parece inerte y a veces dicha sensación se prolonga y profundiza tanto que se convierte en depresión. ¿Cuál es, a su juicio, su fundamento? ¿Es simplemente un estado de ánimo?

Heidegger: Estado de ánimo el tedio es, sin duda, pero no se reduce a eso. Tiene una raíz ontológica. En efecto, hay en la naturaleza del Ser un atributo que en ocasiones es percibido como eso que llamamos tedio. En su expresión positiva el Ser es movimiento en el tiempo y espacio, despliegue de su naturaleza para quien lo percibe pues ante éste se revela y es en dicha revelación que a su vez se descubre a sí mismo quien percibe... por eso no puede separarse al Ser de nosotros, es siempre el Ser para nosotros. En su aspecto negativo, al margen del tiempo, inmóvil por así decirlo, revela en cambio su condición de vacío, de despropósito. Es una condición que se revela de ese modo, como ente gratuito, cuando quien lo percibe deja de percibirlo como parte de un movimiento. Inerte el Ser, entonces inertes nos volvemos porque estamos mutuamente involucrados. Es ese estado el que vivimos como tedio. El vacío de ese Ser se nos contagia o más bien lo experimentamos en la forma de tedio, aunque con este decir mío me temo no ser ya fiel a mi pensamiento. Para serle franco no puedo simplificar más y creo que con esta simplificación me he alejado de lo que pienso.

Presentador: No soy filósofo, tampoco he estudiado seriamente esa disciplina, pero creo entender que el tedio es percibir el lado absurdo o sin sentido o vacío de todo y que se expresaría cuando por un momento percibimos no ya su movimiento y despliegue, sino su mero estar ahí, la gratuidad de simplemente estar y con eso la gratuidad de nuestro estar...

Heidegger: Para ser usted hombre de la tele no es tan huevón como se podría suponer... sí, algo como lo que acaba de decir. El tedio es jugarse a sí mismo una pésima jugarreta; dejar de creer en el sentido que todo movimiento tiene o genera, para percibir, en cambio, en su inmediatez, el sin sentido del ser cuando dicho ser consiste sólo en estar ahí...

Presentador: ¿Podría, para beneficio de nuestros espectadores, casi todos ellos una manga de ignorantes, aclarar un poco más?

Heidegger: Por lo que sé, pues ha de saber usted que tengo sueños premonitorios sumamente exactos, un señor Stephen King escribirá en 1990 una novela llamada *The Langoliers* donde se plantea la siguiente situación. Un avión, no se sabe cómo, entra al espacio del mundo o si usted quiere, a la sombra del mundo donde yacen los restos que deja la vida cuando ya ha pasado por ahí. Es un mundo de cosas muertas, dejadas atrás, el cascarón inerte de la vida. Ninguna criatura viviente está presente. El aire es rancio, el agua es rancia. Me tinca que van a llevar esta novela a la televisión. ¡He ahí el mundo del tedio o de la negatividad en todo su oscuro esplendor! Desde ya recomiendo a sus televidentes, si viven para ese entonces, leer el libro o ver la serie...

Presentador: ¿Y qué se hace para combatir el tedio, para no caer en él?

Heidegger: Lo que se ha hecho siempre. No soy historiador ni sociólogo, pero sospecho que gran parte y quizás toda la actividad humana que tanto revuelo y estropicio causa, el ir y venir de conquistadores, aventuras, exploraciones, planes, proyectos, viajes y lo demás derivan de la lucha consciente o inconsciente contra el tedio. Nadie se puede quedar en reposo o verá el mundo como lo ven los pasajeros de ese avión...

Martin Heidegger

XXVII

Vladimir & Estragón

(De la esperanza)

En 1952 Samuel Beckett estrenó una obra de teatro llamada *Esperando a Godot* que trata de la desesperanza de la esperanza. He aquí el argumento: Vladimir y Estragón, desconocidos el uno para el otro, coinciden en una plaza y también en el hecho de que ambos esperan la llegada de Godot, de quien no se sabe nada y nunca se sabrá nada porque jamás llega. Su vida, la de Estragón y Vladimir, es esperarlo y que no llegue. Muy poco sucede en el transcurso de su espera, nada importante, salvo seguir esperando. Es una obra para salir cabizbajo, casi en estado depresivo, porque *Esperando a Godot* es el monumento teatral par excellence del existencialismo que proclama la intrínseca vaciedad y/o absurdo de la vida. Hay otros personajes que entran y salen de escena, un hombre con su esclavo atado a una cuerda, un niño como mensajero, pero en lo esencial lo que sucede es esa espera que nunca se satisface.

Interpretaciones acerca de los aspectos secundarios de la obra hay quizás tantas como intérpretes, pero lo esencial concita siempre acuerdo: nos dice que no hay otra esperanza que la esperanza de esperar que la haya. Nos dice que fuera de esa esperanza forzada no hay nada que vaya a satisfacerla pues Godot jamás se hará presente. Su presencia es esa ausencia que nunca se resuelve.

Como podrán adivinar, su autor – Beckett – no era precisamente un hombre rebosante de optimismo. Toda su producción refleja la misma idea central acerca del vacío de la existencia. Aquí y allá la redime con el humor, pero es un humor negro que luego de la primera risa hunde al que ríe más profundamente en el abismo. Murió en 1989, en París, pero dos semanas antes de su deceso dio una entrevista a un medio irlandés, *Poetry Ireland Review*, la cual nunca la publicó debido al contenido que veremos a continuación.

Periodista: Gracias, señor Beckett, por concedernos unos minutos de su tiempo. Usted, como irlandés, es una gloria literaria de nuestro país y ciertamente los lectores de nuestra revista desean saber acerca de su actual visión del mundo, si acaso es aún como la que reflejó tan magistralmente en *Esperando a Godot*.

Samuel: ¡Claro que no! Han pasado más de 30 años desde cuando la escribí. ¿Acaso soy un idiota que sigue pegado a sus ideas de juventud?

Periodista: Me sorprende usted. A todo el mundo literario y de la dramaturgia le parece indudable que con esa obra llegó a la esencia misma de la falta de esencia de la vida, del absurdo... eso no tiene edad...

Samuel: Guárdese ese lenguaje acerca del absurdo para los existencialistas parisinos de los años 50, si acaso queda alguno vivo. Era gente poco dada a la ducha y muy dada a bolsear café y en todo sentido unos impostores... Se dejaban caer en una silla, desaseados y sin proyectos ni trabajos, quizás amenazando con una obra siempre inconclusa para luego ponerse a disertar acerca del tedio atroz que los envolvía por hacer tal cosa como si ese, su modo de vida, fuera la esencia metafísica de la vida... qué ridiculez...

Periodista: ¿Abjura entonces usted de sus propios principios?

Samuel: No se necesita abjurar, sólo se necesita ir más al fondo de todo este asunto. Sí, claro, la vida convertida en una espera es sólo eso, una espera, ¿qué de extraordinario puede haber en dicho resultado? Se sienta usted en una plaza esperando a Godot y nada más. O se sienta en una estación ferroviaria por la que ya no pasa ningún tren y filosofa entonces sobre el vacío de los rieles. Ha hecho de su vida un esperar que llegue o no Godot o pase o no pase un tren. No mueve usted un dedo, sino espera...

Es, era aquella, una visión disminuida de la esperanza. Más sentido tiene, qué quiere que le diga, la postura del creyente ingenuo que espera ganar la Vida Eterna...

Periodista: ¿Oí bien?

Samuel: Oyó perfectamente. Me parece más lógico o sensato esperar la vida eterna que esperar a Godot. Godot simboliza cualquier esperanza idiota como las que solemos hacernos todo el tiempo, mientras la vida eterna me parece a mí algo más substancioso y que podría valer la pena... Y tiene otra ventaja: no tiene usted, en esta vida, que esperar su llegada. La vida eterna lo espera luego de la muerte, de modo que mientras tanto puede olvidarse del asunto y dedicarse a hacer algo útil...

Periodista: Usted me está tomando el pelo...

Samuel: Claro que no. Nunca había sido más serio y profundo. Y le diré más. Vladimir y Estragón son menos imbéciles que quienes ven la obra y salen diciendo "que absurda es la vida, qué vacía". Vladimir y su compañero de escaño al menos esperan, aunque nadie llegue. Esperar es algo, sin duda mejor que nada. Bien podría ser que al fin Godot llegara. El espectador de la obra que se subiera al escenario y les dijera "Godot no va a llegar nunca" se quedaría con las manos aun más vacías. Godot nunca llegará, pero ese es un conocimiento inútil, es más, auto destructivo. La esperanza puede ser idiota, vana, pero hace posible vivir aunque ese vivir sea estar sentado en un escaño. Destruya toda esperanza creyendo al hacer eso que es usted el colmo de lo inteligente y sólo demostrará que es el colmo de lo estúpido...

Se entiende que *Poetry Ireland Review* no quisiera publicarla.

XXVIII

Jesús

(Del sacrificio)

Salmo 23:

El Señor es mi pastor;
nada me ha de faltar.
En verdes praderas me hace descansar,
a aguas tranquilas me conduce,
me da nuevas fuerzas
y me lleva por caminos rectos,
haciendo honor a su nombre.
Aunque pase por el más oscuro de los valles,
no temeré peligro alguno,
porque tú, Señor, estás conmigo;
tu vara y tu bastón me inspiran confianza.
Me has preparado un banquete
ante los ojos de mis enemigos;
has vertido perfume en mi cabeza,
y has llenado mi copa a rebosar.
Tu bondad y tu amor me acompañan
a lo largo de mis días,
y en tu casa, oh Señor, por siempre viviré

El pastor a quien se refiere este bellísimo salmo, el cual tiene la misteriosa e hipnótica capacidad de brindar sosiego aun al no creyente, es el Dios del pueblo de Israel, pero para los cristianos que a fin de cuentas adoran el mismo Dios pues Dios, de existir, es uno solo, pueden perfectamente cantarlo haciendo referencia a Jesús, quien agrega a las cualidades divinas standard el hecho de que se encarnó, sufrió y murió para redención de nuestros pecados o al menos de los que habían hasta ese momento; desde la fecha de su calvario hasta el presente se han acumulado muchos más y es de suponerse que el sacrificio de Jesús en la cruz sólo tuvo un efecto retroactivo.

El Jesús con el cual se tratará aquí es uno relativamente similar al que fue descrito en la magnífica novela de Nikos Kazantzakis, *La Última Tentación*, figura literaria sin duda, pero inspirada en un Jesús real que el escritor conoció en el curso de los viajes místicos que solía emprender ayudado por estimulantes.

En efecto, en uno de los universos en el cual desembocó en cierta ocasión, Kazantzakis, para su sorpresa, conoció a un Jesús ya pasados los cuarenta, convertido en padre de familia y con una situación económica bastante aceptable. Este Jesús había estado totalmente dispuesto al sacrificio supremo para redimir a la raza humana, pero dicho trámite le fue ahorrado porque el Pilatos que le tocó no le dio en el gusto al Sanedrín, lo liberó luego de sólo unas cuantas cachetadas propinadas por un centurión.

Eso se hizo por política: había que arrojarle una migaja a la chusma y calmar así los ánimos. Incluso un año más tarde, cuando las cosas se habían tranquilizado, le ofreció una pega de secretario del gobernador de otra provincia del Imperio, la cual Jesús aceptó porque por entonces se había casado, la señora esperaba un crío y se necesitaban los recursos. La familia siempre primero.

Kazantzakis anotó escrupulosamente su conversación con este Jesús y de algún modo convirtió la charla en plataforma para su gran novela, aunque con las variantes que conocéis pues Kazantzakis no deja a su Jesús librarse tan fácil del martirio y la muerte. Escrito el libro, olvidó las notas. Otros afanes atrajeron y distrajeron su atención. Muerto en 1957, quienes se hicieron cargo de sus bienes muebles e inmuebles no prestaron atención a esa libreta de tapas negras que se hallaba junto a lápices y tinteros en un cajón de su escritorio. Omitiremos los detalles de los enrevesados caminos por los cuales transitó dicha libreta hasta llegar hasta nuestras manos. Interesa tan sólo su contenido. He aquí una sección de él.

Kazantzakis: Jesús, ¿cuántos redentores existen que moran en infinitos universos o tal vez en ninguno, salvo en éste y en aquél del cual provengo?

Jesús: ¿Cómo voy a saberlo? No tengo idea...

Kazantzakis: ¿No eres el hijo de Dios? ¿Cómo es que no lo sabes?

Jesús: Soy tan hijo de Dios como cualquier vecino, señor, no por eso cuento con omnisciencia...

Kazantzakis: No eres como cualquier hijo de vecino. Fuiste concebido libre de pecado e ibas a ser crucificado para redimir la humanidad. Eso te hace distinto.

Jesús: Mire, caballero, ¿cuál es su nombre? Eso de la inmaculada concepción es asunto debatible que podemos dejar para otra conversación... En cuanto a la crucifixión, no es lo esencial del asunto. Ya sabe usted que se crucifica a mucha gente. Es simplemente uno de los métodos de ejecución por estos lados y en estos tiempos. No habría sido el único en morir en la cruz... nada hay de especial en eso...

Kazantzakis: Pero en el caso suyo lo habría hecho en sacrificio, en el fondo voluntariamente, no por tus culpas, no pagando delitos...

Jesús: Tampoco hay nada de especial en dicha particularidad. ¿No sabe usted en qué consiste el amor? Me refiero al amor humano, porque soy tan humano como usted aunque sea también hijo de Dios, lo que usted también es...

Kazantzakis: El amor es querer el bien de otros, no sólo eso, bregar para conseguirlo...

Jesús: Sí, claro, pero omite usted un importante detalle:

eso que llama "bregar" no es otra cosa que un sacrificio. Siempre es así: si usted ama, usted se sacrifica. Puede ser muy poco o puede ser hasta su vida, pero el sacrificio está siempre presente, es la sombra que proyecta el amor, una sombra a menudo con más sustancia que lo que la proyecta...

Kazantzakis: Se me ha puesto usted difícil... ¿más sustancia que lo que lo proyecta? ¿Cuál es el objeto que proyecta esa sombra tan sólida?

Jesús: Será usted escritor, pero me parece un poco lento de entenderas... se lo explico con peras y manzanas: el objeto que proyecta dicha sombra es el acto positivo con que se manifiesta a simple vista su amor, esto es, el acercarse, el tomar una mano, el decir una palabra, el levantar al caído, pero, vea usted, aun en esos actos sencillos, no veo para qué hacerle una larga lista de opciones más complejas, en cada uno de ellos usted sacrifica algo. Esa es la sombra. Sacrifica tiempo, que es un pedacito de su vida, sacrifica sus fuerzas por poco que sea, sacrifica quizás incluso la verdad por animar a ese caído, sacrifica su paz y reposo porque la compasión que siente lo perturba y entristece... ¿Quiere más ejemplos? No hay acto de amor cuyo reverso no sea un acto de sacrificio.

Kazantzakis: En el caso suyo llegó al extremo... perdón, habría llegado al extremo como lo hizo el Jesús de mi mundo...

Jesús: De seguro así habría sido, pero, ¿por qué considera eso tan especial? Sucede todos los días. Un hombre se arroja a las heladas aguas de un río para salvar a un niño que no conoce y al hacerlo se ahoga. Un soldado regresa al campo de batalla donde vuelan las balas para recoger a un compañero herido. Una mujer se deja envolver por las llamas de un incendio para rescatar a su hijo o a una mascota. Un padre se inventa un suicidio para dejarle su seguro de vida a hijos arruinados. Y sé que un día, en el futuro, un señor de apellido Malraux escribirá una novela donde un personaje se resigna a ser quemado vivo por sus captores en el horno de una locomotora por entregarle su pastilla de cianuro a quien, a su lado, aterrado, no tolera ese destino que lo espera. Nadie recuerda los nombres de esas personas, salvo quizá el del personaje de esa novela del futuro que usted leerá o ya leyó, pero son muchos. Y hay más; esos sacrificios de todos los días que apenas recordamos o nunca nos enteramos ni siquiera son realizados por un objeto tan inmenso como iba a ser en mi caso, nada menos que un sacrificio por toda la humanidad, por los vivos y por los muertos, aun por los no nacidos. Esos otros, los desconocidos, se sacrificaron y sacrificarán por una criatura de la que nadie sabe nada y será olvidada para siempre... Ese sí es sacrificio, amigo mío...

Kazantzakis: Nunca se me hubiera ocurrido... ¿y usted ahora, qué sacrifica?

Jesús: No crea que poco. Piense que estoy casado. Y

por amor a mi familia, a la que jamás abandonaré, perdí credibilidad con mis seguidores. Si me ven, me pifian. Con eso y a la pasada se desacreditaron mis ideas. Desde luego nadie me va a adorar como hijo de Dios. Me describen como un miserable que se arregló los bigotes con el procurador de Judea. No crea que eso es poco... en fin, déjeme darle un consejo si realmente quiere saber algo sobre el amor: hable con mi Padre Celestial...

XXIX

La Tourneé de Dios

(Del amor)

De Enrique Jardiel Poncela, autor de muchas comedias de grande y a veces altísimo nivel, de varias novelas e innumerables aforismos y siendo en todos dichos aspectos y trabajos hombre de enorme talento, acaso genio, Wikipedia dice lo siguiente: "Falleció, arruinado y abandonado por muchos de sus amigos, el 18 de febrero de 1952 a la temprana edad de 50 años. Si acaso hay una frase que revela la profundidad del escepticismo – o realismo – de Jardiel Poncela y la amargura tras su sentido del humor es la que hizo grabar en su nicho a guisa de epitafio: «Si buscáis los máximos elogios, moríos.»

Nada especialmente peculiar hay en ese final. Pocos *The End* son felices. Si no nos aqueja la ruina es el olvido, si no es el olvido es la ruina y muchas veces, como en este caso, ambos. Peor aun, incluso con mucha anticipación al momento de exhalarse el último suspiro es corriente sufrir esa ruina o ese abandono y también el olvido. Una tristeza inmensa se apodera del ánimo de quien, aunque todavía lejos de ella, se aproxima a la muerte, aunque a veces todavía más inmensas son las deudas. Para casi todos la muerte termina siendo un consuelo.

En el año 1932, ya famoso y con muchas obras en su currículum, Jardiel Poncela publicó una novela titulada *La Tournée de Dios* en la cual se relata la venida de Dios a la tierra, Él y no su hijo, visita celebrada con pleno conocimiento del público y las autoridades. La gira resultaría un sonado fracaso. Ya a la llegada una estampida masiva de la gente y la reacción de la policía, con fuego de ametralladoras, causa un tendal de muertes. Luego Dios no da en el gusto a nadie y se pone de punta con todos. Pronto se le olvida. La noticia de su partida de regreso al Cielo es anunciada en una notita de prensa ubicada al lado de unos avisos comerciales de poca monta.

Lo que nadie sabe es de la existencia de un capítulo que por razones desconocidas se decidió no incluir. ¿Decisión de Jardiel Poncela o del editor? El hecho es que no apareció ni en la primera ni en posteriores ediciones. Por pura casualidad una de sus hijas, Evangelina Jardiel, fallecida en 2018, guardó ese capítulo amputado de la obra en un archivo con cartas, borradores y otros escritos de su padre. A su muerte una de las hijas de Evangelina, Paloma Paso Jardiel, se hizo del archivo, rescató el capítulo perdido y decidió ponerlo en nuestro conocimiento.

Trata del día previo al regreso de Dios al Cielo. Dios, solo, sin siquiera un fraile que lo acompañe, se pasea por una plaza sin rumbo fijo. Termina sentándose en un escaño. Nadie lo reconoce, nadie le dirige la palabra. Así está largo rato, escribe Jardiel Poncela, hasta que un niño se sienta a su lado. Le ha llamado la atención la barba del anciano porque en esa guisa vino Dios a la tierra para darle en el gusto a la gente acostumbrada a la imagen que sobre Él creó la pintura religiosa. El niño, intruso y muy atrevido, le pregunta si puede tocarle la barba y Él dice que sí. El nene lo hace. Luego se la tironea un poco. Dios le dice que no joda y se quede tranquilo. El niño le pregunta entonces quién es y de ese modo es como comienza el diálogo.

El Niño: ¿Quién eres? ¿Cómo te llamas?

Dios: Soy Dios y en cuanto al nombre, pues me han dado muchos...

El Niño: ¿Como cuáles?

Dios: Qué te digo, chaval, me dicen Dios, Jehová, Alah, Adonai, cientos...

El Niño: ¿Cuál te gusta a ti?

Dios: Hay un país llamado Chile, ¿has oído hablar de él?, donde la gente del campo me dice "Padre Eterno". Ese me gusta mucho, pero en mi omnisciencia preveo que en unos 70 años más ni siquiera esos campesinos me van a dar bola...

El Niño: ¿Por qué te dicen padre eterno?

Dios: Porque los he creado a todos, tú incluido...

El Niño: ¿A todos? ¿Por qué estabas solo aquí entonces?

Dios: Por lo mismo. Siendo el creador de todo, significa que soy único. No pueden coexistir dos creadores de todo... No es lógico...

El Niño: No entiendo...

Dios: Yo tampoco lo entiendo mucho, pero así es. Estoy solo, entendiendo eso como que no hay ni puede haber otro como yo para acompañarme de igual a igual, que es la razón de ser de la compañía. Meramente están ustedes, pero ustedes son, en el fondo, Yo mismo emanando en todas direcciones. Es casi como que me mirara en el espejo...

El Niño: No comprendo.

Dios: Lo lamento, pero así son las cosas. Sólo os tengo a vosotros, que sois mis criaturas, lo cual es casi como no tener nada. Es como tus sueños; cuando sueñas hay un montón de personajes, pero ninguno tiene vida propia, tú eres quien los crea... Te despiertas y desaparecen, no siguen ya contigo, siempre fueron tú y nadie más...

Niño: ¿Yo soy un sueño?

Dios: Eres listo, zagal... Sí, algo así...

Niño: ¿Y cuando te despiertes yo me muero?

Dios: ¡Ah, no te preocupes, no puedo dejar nunca de soñar!

Niño: Pero igual me voy a morir aunque no te despiertes. Tenía una tía que se murió. La enterraron y ya no la vi más. De seguro que sigue muerta...

Dios: Sí, claro, la conozco. En verdad no regresará, pero no te preocupes, lo que realmente había en ella de vivo sigue viviendo en mí...

Niño: ¿Dónde? ¿Podría verla de nuevo?

Dios: Tendría que hacer un milagro y no tengo ánimo para eso. No están los tiempos. Si hago siquiera un milagro te aseguro que, por muy solos que estemos ahora en esta plaza, en medio minuto tenemos aquí una cola interminable de gente pidiéndome uno para su exclusivo beneficio. No te creas ni por un segundo que al menos un peticionario, ¡uno solo!, me demandará que otorgue la paz universal... Por lo demás un milagro o mil no resuelven ni aclaran nada. Tu tía seguiría siendo una criatura condenada a desaparecer y sin otra sustancia que el soplo con que yo le diera vida o esa apariencia de vida que sentís como vida. Que la hiciera vivir un millón de años más no cambiaría eso...

Niño: Usted es muy complicado, no le entiendo casi nada. ¡Quería mucho a mi tía y quisiera verla de nuevo!

Dios: Sé que la amabas y la amas aún... Suerte la tuya. Tu amor humano es precisamente lo que yo, en tanto Dios, no puedo conocer. Tú amas a otro distinto, es el amor entre criaturas, seres separados que buscan unirse. La cosa tiene sentido ¿A quién amo yo? A mí mismo disfrazado de otros, de ustedes... Y ustedes, creyendo que aman a un ser singular, sin saberlo me aman a mí... qué lío...

Niño: ¿Me puedo ir, señor Dios?

Dios: Una última cosa antes que te vayas y trata de recordarla para cuando seas viejo, aun si ahora no lo entiendes; nada de lo que jamás ames desaparecerá porque todo amor revierte en mí, que soy la eternidad ¿Lo recordarás?

Pero el niño ya se había ido corriendo...

Y ahora entendemos porqué este capítulo fue amputado. Muy poco creíble, nada de gracioso y no lo comprende ni

Dios...

...y Papá Haydn

(La sonrisa divina)

Confieso que se me hace imposible terminar este libro sin mencionar a Joseph Haydn, *Papá Haydn*, cuyo maravilloso arte me ha acompañado todo el tiempo mientras escribía este libro y de hecho ha estado conmigo desde el momento cuando, de púber, con jubiloso pasmo percibí por primera vez el esplendor y belleza de su música. El día que velen mi cuerpo — solicito que, de acuerdo al viejo estilo, sea en el living de mi casa y no en una helada capilla ajena a mi falta de fe — espero que alguna de mis hijas recuerde poner en mi viejo lector de CD's el segundo movimiento de su sinfonía 81, *The Hen*, de modo que aun sin poder escuchar su otoñal, punzante belleza, se me despida con Haydn como músico de cabecera o más bien de féretro. Tal como lo fui en vida, deseo ser acompañado en la muerte por ese gran artista que, en su ingenuo fervor, cuando se aprestaba a componer rezaba pidiendo inspiración y agradecía a Dios los dones que poseía. En todo el curso de su existencia Haydn no hizo sino producir belleza y siempre con buen humor, incluyendo el día cuando desde el lecho en el que agonizaba consoló al criado que ya lo estaba llorando.

En breve, fue encarnación y vehículo de esa sonrisa divina que es el único medio a nuestra disposición, tan raramente alcanzado, capaz en su tranquilo júbilo de superarlo todo.

Good night and good luck...

Santiago, 3 de marzo de 2019

FIN

Grandes Invitados

Grandes Invitados